DANIEL CONTEL

LA PUNITION DE L'OCÉAN

cairn

Daniel Contel

La punition de l'océan

Du Noir au Sud
est une collection des Éditions Cairn
dirigée par G.D. Noguès

Du Noir au Sud est une collection de polars qui nous transporte dans le Sud, ses villes, ses villages, à la découverte des habitants, de leurs traditions, leurs secrets.
Son ambition : dessiner, au fil des ouvrages, un portrait d'ensemble de la région, noirci à coups de plumes tantôt historiques, ou humanistes, parfois teintées d'humour, mais où crimes et intrigues ont toujours le rôle principal.

Illustration de la couverture : © Djebel
Photos : 123RF. Navasukarom, Gagic, Photostella.

Les éditions Cairn bénéficient du soutien de la DRAC
et de la Région Nouvelle-Aquitaine
ISBN : 978-2-35068-925-8/ISSN : 2275-2331

Le passé est comme une lampe
placée à l'entrée de l'avenir,
pour dissiper une partie
des ténèbres qui le couvrent.

Robert de Lamennais

Préface

Il y a près de deux ans, Daniel Contel prit contact avec moi pour me faire part de son enthousiasme concernant mes travaux sur les Vikings en Aquitaine. Il était romancier et voulait en savoir plus sur cette période qu'il souhaitait évoquer dans un ouvrage à venir, celui que vous tenez entre les mains. Le sujet le touchait d'autant plus que l'homme a une affection particulière pour Mimizan où il coule une vie paisible.

Or, Mimizan était désigné dans les chartes anciennes comme une des principales bases vikings en Gascogne. De fait, les nombreux terrassements entourant le lac d'Aureilhan révèlent que le site avait été particulièrement important durant le Haut Moyen-Âge. Ces fortifications – je l'affirme – ont été édifiées par les hommes du Nord pour protéger la baie de Mimizan contre une attaque terrestre.

Je ne tardais pas alors à m'intéresser à la toponymie et à creuser la piste scandinave. Le nom de Mimizan était jusqu'alors imputé à un gentilice romain du nom de Mimesius, même si comme souvent, aucun vestige romain ni aucun texte ne venaient accréditer cette lecture. Mais personne n'ayant d'autre proposition, cette origine fut acceptée. Mimizan apparaissait néanmoins sur l'atlas de Diogo Homem, un grand cartographe portugais du seizième siècle, avec la forme Maomisam.

Or, *hamn* désigne chez les Scandinaves un port. Le *is* était vraisemblablement dérivé du mot *hus*, maison. Restait *Maom*. Or, il existe un mot scandinave phonétiquement très proche : *malm*, le minerai de fer. *Malmhus*, la maison du minerai, aurait désigné une forge et *Malmhushamn*, le port de la forge, un chantier naval. La présence de Pontenx-les-Forges à proximité confirme que le sous-sol local avait de quoi séduire ces constructeurs navals réputés.

Car les Vikings n'ont pas construit leurs bateaux en Scandinavie. Les forêts de chênes y étaient rares et surtout, ces forêts appartenaient à la communauté. Aucun chef n'aurait eu le droit de les couper pour se construire une flotte. La loi était formelle : un chef voulant construire une flotte devait trouver ailleurs les forêts nécessaires à son projet. Or, la forêt gasconne était la plus grande forêt de chênes d'Europe. Mieux encore, cette forêt était inexploitée car trop éloignée des centres urbains. La logique est imparable : le roi du Vestfold, Ragnar, qui a donné son nom à Aureilhan et à Royan, a décidé de fonder le chantier naval des invasions dans les Landes.

Lorsqu'ils seront finalement battus à Taller près de Dax en 982, les vaincus se replieront sur leurs places fortes historiques, Mimizan et Soulac notamment. Ces hommes fiers négocieront leur reddition et obtiendront un statut particulier pour leur enclave, celui d'une sauveté – quasiment une zone de non-droit. Cette existence d'une sauveté pourrait expliquer une ancienne prière de marin : « Sauve-nous de la queue de la baleine, du chant des sirènes et du clocher de Mimizan. »

Pourquoi cette terreur de Mimizan ? Toute la côte gasconne connaissait alors une tradition héritée du monde scandinave, le droit d'épave. Exercé par le seigneur local, il prévoyait notamment le retour d'une partie de la cargaison à son propriétaire. Or, à Mimizan, point de seigneur…

Ces quelques mots pour vous dire que Daniel Contel, qui a précédemment mis en scène le château de Woolsack, Rudyard Kipling et Nikola Tesla dans un superbe *Mandrake ne peut pas mourir*[1] récidive avec bonheur avec ce nouvel opus où l'on côtoie un Mimizan sombre et maléfique qui n'est pas celui des cartes postales.

Joël Supéry
Chercheur indépendant

1 Publié en 2017 dans la Collection Du Noir au Sud, éditions Cairn.

[illegible] Il [illegible]

Extrait des écrits de Saemund Ragnasson an 839

L'été finissait. Dans la chaude lumière du couchant, nous revenions du chantier de construction navale établi le long des plages du petit golfe de Cunctis[2].

Sur la piste sablonneuse, Jana marchait devant moi suivie de sa mule sans âge portant sur son bât l'épais tablier de cuir, le sac rempli de remèdes et d'instruments chirurgicaux, le petit coffre en plomb, et comme toujours son chat blanc aux yeux dorés.

Ce soir-là, j'étais loin de me douter qu'il s'agissait de mes dernières observations de ses soins miraculeux.

Tout à l'heure, sur le chantier des kauskips[3] *dont j'ai la charge, elle réduisit d'abord la fracture ouverte du fémur de ce malheureux charpentier Gascon avant de désinfecter abondamment la plaie.*

---

2 Contis-Plage. Côte landaise

3 Navires vikings de transport de charges

Deux seulement parmi ses compagnons restèrent auprès du blessé lorsque la corne puissante du guetteur posté aux pieds de la grande amure sonna. Bretons, Saxons, Asturiens, Nord-Homs[4]*, tous abandonnèrent alors le chantier pour filer sur la plage sud où allait s'échouer comme souvent une baleine harponnée au large. Le butin serait bien sûr équitablement partagé avec l'équipage chasseur.*

Puis Jana enfila tablier et gants de cuir avant de sortir du coffret le sablier doré et avec grande précaution le petit éclat de pierre qu'elle déposa au cœur de la plaie. Le charpentier serait debout dans quelques jours, après une guérison rapide, échappant à une amputation.

Je restais néanmoins persuadé qu'il y aurait d'autres accidents sur ce grand chantier qui prenait du retard. Du fait de la grande attaque sur la Gascogne avancée au printemps prochain, le rythme qu'imposait mon père était à peine tenable malgré la mobilisation générale et les renforts. Mais il y aurait certes grand besoin de navires de charge pour accompagner la flotte de guerre.

Nous quittâmes bientôt le rivage pour contourner la dune et nous engager sous les pins à la cime enluminée par le couchant. Nous remontions vers les chênes centenaires et le bois sacré qui abritait la petite cabane de Jana. Comme toujours après avoir fait usage de la pierre, elle devrait se reposer longuement.

Je la regardais marcher dans sa tunique blanche, ses longs cheveux gris survolant les hautes fougères.

---

4 Hommes du Nord – Vikings en Gascon.

J'aimais me retrouver en compagnie de cette femme. Cela arrivait très souvent une fois la nuit tombée. Ensemble, nous avions décidé de transcrire ses connaissances médicales en latin à la lumière des lampes à huile de baleine.

Un travail presque terminé. Je ne remercierai jamais assez mon père de m'avoir donné un précepteur pour faire de moi un lettré. Il me restait encore à rédiger quelques lignes concernant la pierre. J'en avais aussi profité pour consigner notre histoire depuis que j'avais rencontré Jana sur ses terres gasconnes. De fait, elle sentait clairement venir la fin du monde magique de ces druides qui avaient vécu depuis des temps immémoriaux dans le bois sacré de Cunctis.

Parmi les troncs imposants des chênes centenaires encore debout, nous approchions de sa cabane en bois au milieu du petit airial. Trois silhouettes sombres étaient postées devant, l'une tenant une torche allumée. Je les reconnus sans peine à leurs jambières de cuir rouge, les Hirdmen, la garde rapprochée de mon demi-frère Einar.

Je me demandai ce qu'ils pouvaient bien venir faire ici depuis notre place forte de Malmhushamn[5]*. J'accélérai le pas pour dépasser Jana et sa mule, quand soudain une ombre surgit de derrière un tronc. La puanteur habituelle des chamans d'Einar me sauta aux narines tandis que l'on me soufflait vivement au visage une poudre très volatile. Puis ce fut le noir total.*

5 Mimizan, Landes.

Côte landaise, de nos jours
Nuit du 1er au 2 septembre

Dans la lueur des phares, Marco observait la régularité des traces laissées par la machine qu'il tractait sur la plage déserte de Contis. C'était son dernier passage, le nettoyage nocturne ici était terminé. Trois heures du matin, il n'était pas en avance.

La faute à ce fort coefficient de marée qui rétrécissait sa route et l'avait contraint à rouler dans du sable meuble depuis sa base de Mimizan. Heureusement, le retour à marée descendante serait plus rapide.

Satisfait, il arrêta le fonctionnement de la remorque tamisant le sable avant de repartir droit vers le nord. Prochaine étape, la plage de Lespecier. Sur la grève plus dure, il pouvait maintenant avancer à bonne allure non loin de l'eau qui se retirait lentement.

Soudain, il distingua plus loin un long bout de bois tordu fiché dans le sable, surmonté d'un petit fanion blanc.

Marco ralentit fortement et alluma les deux phares de toit avant de stopper et de descendre du tracteur. Il n'avait pas vu ce grand bâton à l'aller, il en était certain, mais celui-ci allait rejoindre dans la benne récipients en plastique et autres déchets.

En approchant, il crut distinguer une petite bouée ronde sur le sable, au ras de l'eau, au pied du bâton. Puis un haut-le-cœur le souleva tout entier.

Ce n'était pas une bouée. Il avait sous les yeux une tête au visage boursouflé dont la chevelure brune s'étalait sur la grève. Une femme était enterrée jusqu'au cou, sans doute noyée par la marée montante.

Face à cette horreur, le jeune homme tomba à genoux tandis qu'un énorme frisson le secouait. Mais il se reprit vite, se releva et partit en courant vers la cabine du tracteur tous feux allumés.

Sous ce beau ciel étoilé, il tremblait de tout son être.

Appeler son chef, les gendarmes, vite !

Extrait des écrits de Saemund Ragnasson an 839

Je repris conscience bâillonné, assis et ligoté à un chêne. Devant moi, comme un défi, mon épée était fichée dans le sol. La petite cabane achevait de se consumer dans la nuit. Un peu plus loin, la vieille mule était attachée à un tronc. Aucune trace de Jana.

Puis je vis venir vers moi une silhouette massive que je ne tardai pas à reconnaître. Olgeir, le chef de la Hird[6] *de mon demi-frère Einar. Il s'accroupit et me demanda pardon pour le chaman qui m'avait endormi. Puis il me parla longuement.*

Mon père Bjorgragnasson avait condamné la vieille Jana au nom de la politique de conquête, certes, mais elle lui avait facilité la tâche. Utiliser sa pierre pour n'importe qui après avoir refusé de rejoindre Einar à Malmhushamn représentait une grave offense.

6 Garde rapprochée des chefs Vikings.

Et sachant ma complicité avec elle, ce dernier ne doutait pas de mon opposition à cette sentence. D'où mon immobilisation ce soir, ce n'était pas le temps des disputes.

Il fallait accélérer les cadences de construction des bateaux pour la grande attaque du printemps. Ouvrir cette route commerciale terrestre vers les cols pyrénéens, seul cela importait. Einar voulait savoir ce soir s'il pouvait vraiment compter sur moi pour achever le travail sans difficultés.

Olgeir se releva et vint ôter mon bâillon qu'il jeta au sol avant d'empoigner mon épée.

J'étais calme. Les choses se remettaient lentement en ordre. La tristesse d'avoir perdu Jana et un sentiment d'impuissance m'envahissaient atrocement.

Je répondis à Olgeir que j'acceptais la décision. J'étais fils du Saekonung[7] Bjorgragnasson et mon demi-frère Einar m'avait sauvé la vie dix ans auparavant face à la flotte de l'émir le long de la côte espagnole. Les kauskips supplémentaires seraient construits avant la fin de l'hiver malgré l'exécution de Jana.

Une fois mes liens tranchés, Olgeir m'aida à me relever puis me confia que la druidesse avait été conduite à la plage nord, pour y subir la punition de l'océan. En ravalant une terrible montée de chagrin, je le laissai sur place et partis à pas rapides.

7 Roi des Mers – Armateur et chef de la flotte de conquête territoriale.

Côte landaise

Depuis sa grosse colère de mai dernier, tout avait été très vite. Bertrand de Laparayre était alors rentré du Togo en France pour tenter une dernière fois de faire bouger les choses. Puis de guerre lasse, il avait finalement quitté ses fonctions.

Après vingt-cinq ans en Afrique à œuvrer dans des paroisses rurales en tant que prêtre et acteur engagé de la vie locale, il avait eu le temps de faire le tour de sa décision.

Rien n'était durablement possible dans des pays sans politiques nationales en faveur des populations. Toutes les églises et ONG du monde s'y cassaient les dents depuis des décennies. Mais lesdites politiques demeuraient bel et bien impossibles à mettre en place dans ce chaos planétaire gouverné par l'avidité et le déni des évidences.

Il lui avait fallu du temps et l'usure de sa vocation pour le comprendre, mais il s'agissait bel et bien d'un suicide collectif.

Pour ce curé intègre et engagé – comment agir autrement, répétait-il toujours – l'étincelle qui déclencha sa colère finale vint des scandales pédophiles généralisés connus et néanmoins tus depuis des décennies. Et tout alla ensuite très vite.

À cinquante-huit ans, il abandonna même à l'Église ses cotisations retraite, plus utiles à d'autres vu la maigreur des pensions versées. Sa rente familiale annuelle de presque trente mille euros était plus que suffisante. Il était de bonne famille et savait en être reconnaissant.

Il avait d'ailleurs fréquemment utilisé son maigre salaire de prêtre pour soulager la misère. Même à l'époque où il exerçait en France avant son départ pour le Cameroun, son premier voyage. Sa rente elle aussi avait souvent contribué à aider son prochain. Mais tout ça ne représentait même pas une molécule d'eau dans un océan de besoins.

Il avait donc laissé derrière lui la chaleur africaine pour la retrouver dans son appartement bordelais. Ces derniers jours, c'était la canicule. De toute façon, Bertrand étouffait à Bordeaux. Trop de monde, le même ressenti d'enfermement moite que dans les capitales africaines.

Il se félicitait donc d'aller rejoindre Étienne, un ami de longue date rencontré à l'époque où il était curé de Saint-Julien-en-Born dans les Landes. Celui-ci était veuf et habitait désormais Mimizan-Plage. Août était fini, l'océan et la forêt apaisés lui tendaient les bras. Il partait le lendemain pour une première grande randonnée sur la moto qu'il venait de s'offrir, une passion contractée au Mali.

*

Après avoir quitté tranquillement le centre de Bordeaux en milieu de matinée pour éviter le gros bouchon quotidien sur la rocade, Bertrand roulait à présent sur l'autoroute en direction d'Arcachon, calé sur une vitesse de cent kilomètres-heure. Tout le monde le dépassait et le tourbillon d'air déplacé par les camions était vraiment désagréable. Il lui tardait de franchir les dix kilomètres jusqu'à la prochaine sortie. À partir de là, routes secondaires jusqu'à Mimizan.

Il fit sa première halte dans le village de Parentis-en-Born lorsqu'il repéra à droite un bar PMU. Son casque à la main, il admirait sa nouvelle machine calée sur sa béquille latérale. Une Royal Endfield 410 Himalayan noire, équipée de deux grosses sacoches noires elles aussi. Sur le porte-bagages était attaché en sus un gros sac de voyage fatigué.

Ce tout-terrain monocylindre indien lui convenait parfaitement pour aller partout ou presque mais sans y aller trop vite. Dès cent dix kilomètres-heure, il commençait déjà à vibrer pas mal. C'était une moto de conception basique, réparable facilement, que beaucoup trouveraient néanmoins trop poussive.

Des engins comme ça, Bertrand de Laparayre en avait piloté pendant des décennies sur des kilomètres de pistes poussiéreuses ou détrempées. De village en village, pour superviser des projets d'amélioration des conditions de vie, dire la messe et donner les sacrements. Et là, il comptait bien descendre jusqu'en Galice, tranquillement, à son rythme, en évitant soigneusement les autoroutes.

C'était donc un motard comblé qui entra avec bonheur dans ce bar pour y prendre un café. Le patron plutôt avenant se dirigea vers son percolateur tandis que Bertrand attrapait distraitement le journal *Sud Ouest* plié en deux sur le comptoir désert.

Le titre accrocheur en première page lui sauta aux yeux.

Horrible assassinat sur la plage entre Contis et Mimizan

Il ouvrait le journal pour lire l'article quand le café arriva. Il en but une gorgée, puis une seconde. Les lignes défilaient, les détails aussi, et un grand frisson montait peu à peu en lui. Comment était-ce possible ? Il finit sa tasse et en commanda une autre.

La confession !

Tout lui revenait à présent. Saint-Julien-en-Born, non loin de Contis, l'église et son confessionnal au bois patiné et craquant, fatigué de toutes ces histoires plus ou moins sordides chuchotées à l'oreille du curé. Oui, vers la fin des années quatre-vingts, quatre-vingt-sept ou quatre-vingt-huit peut-être.

Bertrand en était pétrifié. Il entendait encore cet homme quittant son église. « Croyez-moi, mon père, ça va continuer… » avait-il lancé les yeux exorbités. Il se souvenait lui avoir répondu qu'il avait bien fait de venir se confesser. Il ne l'avait jamais plus revu, un étranger au village.

Mais le terrible supplice infligé à cette femme sur la plage était bel et bien identique à celui qu'il lui avait décrit en évoquant des parchemins très anciens acquis vingt ans auparavant. Une longue histoire qui l'avait conduit à noyer un homme dans le lac d'Aureilhan, tout proche de Mimizan.

Bien secoué, Bertrand ne traîna pas. Il remit son blouson de cuir et ressortit casque en main sur le trottoir. Un peu plus haut sur la rue, il repéra une maison de la presse. Sa silhouette d'ancien rugbyman traversa rapidement pour aller acheter un exemplaire de *Sud Ouest* qu'il plia et glissa dans son blouson.

Une fois arrivé chez son ami, il allait faire un gros travail de mémoire, rassembler et noter tous ses souvenirs de cette terrible confession, trouver les liens s'il y en avait. Mais cela ne pouvait être pure coïncidence. D'après les dires de cet homme, ce supplice viking était appelé « la punition de l'océan ».

Soudain, il aperçut sa moto au soleil, ce qui stoppa net toute autre réflexion.

Une fois sur sa selle, il enfourna sa tignasse bouclée poivre et sel sous le casque puis en agrafa la sangle avant d'appuyer enfin sur le bouton du démarreur. Laissant ronronner de plaisir le monocylindre, lentement, avec application, il plaqua les lunettes sur son visage glabre avant d'enfiler ses gants.

En enclenchant la première du bout du pied, il décida de continuer à ne plus penser, juste profiter de la balade ensoleillée et conduire sa belle à bon port.

*

L'accueil de son ami Étienne fut à la hauteur de la légendaire hospitalité locale. Une conversation banale mais agréable, un apéritif nourri, un déjeuner plantureux et une invitation à une petite sieste bien méritée.

Bertrand n'avait bu qu'un peu de vin à table au grand désespoir de son hôte. Souhaitant garder l'esprit alerte, il prit même un café avant de rejoindre sa chambre à l'étage de cette villa classique des années soixante située dans le quartier des tennis à Mimizan-Plage.

Tout y était resté dans son jus depuis, vintage et assez dépouillé. La retraite d'Étienne était maigrichonne et s'il avait pu à l'époque acquérir ce bien grâce à un héritage, il avait tout juste aujourd'hui les moyens de l'entretenir.

Point de sieste donc pour Bertrand mais un carnet, un stylo et une intense concentration au-dessus du petit bureau bancal en contre-plaqué blanc. Comme toujours quand il réfléchissait, sa main gauche farfouillait dans ses boucles. Par la fenêtre de la chambre, il regardait les pins se balancer doucement sous le vent d'ouest qui s'était levé. Il faisait toujours grand soleil et après la sieste, il aurait droit à une balade sur la plage. La houle était belle selon Étienne, pêcheur depuis toujours.

Puis soudain, le stylo démarra. Cela dura un bon quart d'heure avant que le flot ne se tarisse.

En 1968 ou 69, monsieur X achète à un collectionneur de Bordeaux des manuscrits en latin datant du neuvième siècle en excellent état de conservation. Pour l'essentiel des recettes médicinales à base de plantes, l'héritage d'une druidesse âgée.

Mais il y a d'autres textes racontant une histoire forte entre cette femme et un fils qu'un grand chef Viking avait eu avec une noble gasconne. Un homme devenu lettré et maîtrisant le latin, l'auteur de ces écrits.

Cette druidesse détenait une pierre de guérison et un des manuscrits décrivait avec précision la façon dont elle l'utilisait sur les champs de bataille et ailleurs.

Sur ordre du grand chef Viking, elle fut enterrée jusqu'au cou sur la plage afin que la marée la noie. La punition de l'océan avait dit monsieur X.

Plusieurs années avant sa confession, 1970 ?, un homme lui propose de racheter le manuscrit traitant de la pierre. En le faisant boire et parler, monsieur X apprend qu'il sait où trouver cette pierre cachée par son grand-père, le découvreur de la tombe de la druidesse.

Faisant mine d'accepter la transaction, il lui donne rendez-vous deux jours plus tard pour un véritable guet-apens. Avec deux collègues, monsieur X bat platement l'homme pour le faire parler mais celui-ci ne tient pas le coup.

Encore vivant mais profondément inconscient, il est mis dans un sac et jeté depuis une barque en pleine nuit dans le lac d'Aureilhan.

Depuis, à chaque date anniversaire, monsieur X reçoit une lettre anonyme menaçante rappelant sa faute et la punition à venir.

D'où sa venue à l'église de Saint-Julien pour tenter d'apaiser ses tourments...

Bertrand posa son stylo, plutôt satisfait de son intense exercice de mémoire.

La confession sous les yeux, il en conclut que cette sale histoire était sans doute en train de refaire surface. Ce crime horrible était un signe non équivoque, un doigt tendu même en direction de ce passé tourmenté. Une pensée fulgurante le traversa. Il fallait qu'il rencontre la famille de cette jeune femme.

Il loucha sur l'article du journal et le nom indiqué. Après la balade sur la plage, il emprunterait l'ordinateur d'Étienne pour essayer de retracer les Badie en vacances dans leur résidence secondaire de Mimizan-Plage d'après *Sud Ouest*.

Extrait des écrits de Saemund Ragnasson

Au nord du golfe de Cunctis, tout était calme. Il faisait nuit noire, à l'exception des lueurs des deux amures sur la dune, la haute et la basse, et de quelques feux plus haut vers les fortifications en terre.

Au sud, une intense agitation régnait avec l'arrivée des chariots transportant à la lueur des torches organes et morceaux de chair de la baleine dépecée sur la plage.

Je marchais lentement le long de la rive, loin à présent du port et du chantier naval. Seuls quelques landskips[8] *étaient échoués sur la grève.*

Je pensais à ma mère morte peu après ma difficile naissance à Lapurdan[9]*, au bord de ce brutal méandre de l'Adour qui ouvre la route de la Gascogne. Ne venais-je pas de perdre une autre mère, spirituelle celle-là ?*

---

8 Navires de guerre Vikings.

9 Bayonne.

Je savais que sa force intérieure l'avait aidée pendant cette abominable torture. Je ne voulais plus penser, juste continuer à marcher sur cette plage.

Plus loin, un long pieu était fiché dans l'eau, à son sommet flottait un petit drapeau blanc. La justice du puissant clan Yngling[10] *avait été rendue.*

Je tombai à genoux et attendis patiemment le retrait des eaux sous le ciel étoilé.

Lorsque la tête de Jana et ses longs cheveux apparurent enfin, je distinguai ses traits d'ordinaire aquilins. Pas de rictus de souffrance mais un visage déjà boursouflé.

Je me mis à creuser de mes mains le sable détrempé pour pouvoir l'exhumer de ce trou dans lequel on l'avait enterrée à genoux et étroitement ligotée.

Dans mes bras, je ramenai son corps dans la skali[11] *et le lavai moi-même avec tendresse avant de le revêtir d'une ample tunique de lin blanc. Puis je m'endormis épuisé auprès d'elle.*

Au petit matin, son vieux chat blanc était couché à ses pieds, mort. Je savais que j'étais trop jeune pour faire de même.

Je me suis hâté de lancer les préparatifs de son inhumation et fait ériger un petit tumulus en garluche[12] *au sommet de la plus haute dune du nord. Celle qu'elle aimait gravir seule pour aller contempler la majesté de l'océan et de la forêt.*

---

10 Prestigieuse dynastie royale « norvégienne ».

11 Maison longue habitée par les chefs Vikings et possédant une grande pièce centrale pour les réunions et les banquets.

12 Pierre locale riche en fer.

Elle y sera inhumée avec son chat, son coffret et une jarre contenant notre travail nocturne. Ainsi, son savoir hérité de son père adoptif, le dernier des druides de Cunctis, traversera peut-être le temps.

Dans le feu des batailles à venir, mon demi-frère Einar oubliera vite cette histoire. Les chamans autour de lui y veilleront. Ils avaient toujours méprisé Jana, même si aucun d'eux ne voulut tenter d'utiliser sa pierre jugeant cela trop risqué. Désormais, celle-ci restera donc orpheline.

La mise à mort de cette vieille druidesse favorisait de fait les desseins de conquête de mon père et du clan. C'était un gage donné au clergé catholique toujours prompt à vouloir éradiquer les anciens cultes païens.

J'avais assisté à la fin de son monde qu'elle savait imminente.

Je n'avais plus maintenant qu'à faire ma part pour que notre ambitieuse expédition atteigne son but.

Côte landaise

Bertrand de Laparayre n'avait pas bien dormi malgré le silence ambiant. Le front haut de son visage carré était barré de plis profonds. Quant à son légendaire sourire bienfaisant, il était au repos. Qu'allait-il faire ?

Tenter d'aider bien sûr, c'était là sa vocation en ce monde depuis tout petit. Il n'avait pas attendu d'être curé pour agir en ce sens. Là, il se trouvait confronté au secret de la confession, mais surtout au viol et à l'assassinat barbare d'une jeune femme de vingt-huit ans pleine d'avenir.

Sous la douche, il décida de ne rien décider, de rester discret et de suivre sa conscience et ses intuitions. S'il pouvait aider, cela se ferait. Il savait par expérience qu'il n'avançait pas seul dans la vie. Désormais, la croyance traditionnelle lui en paraissait même secondaire. Il vivait et sentait. Et puis en Afrique, il avait quelquefois participé de plus ou moins loin à des enquêtes villageoises ou policières, avec un certain succès et beaucoup de plaisir.

Sur la table où l'attendaient un copieux petit-déjeuner et du café encore chaud, Bertrand trouva un mot d'Étienne, parti pour une pêche matinale après l'appel d'un autre accro du coin. Avant toute chose, il se servit un peu de café. Mauvaise nuit vraiment, une véritable sarabande des souvenirs. La paroisse de Saint-Julien ! Tout cela était si loin.

Mais hier soir sur le Net, il en avait finalement pas mal appris sur les Badie.

La jeune femme assassinée venait d'obtenir son diplôme de pharmacienne. Son père Jacques, âgé de cinquante-six ans, était médecin à Bordeaux. Le frère de ce dernier, Robert, cinquante-et-un ans, était le directeur à Talence d'un laboratoire fabriquant et commercialisant des remèdes naturels pour les pathologies courantes.

Mais les deux hommes étaient trop jeunes pour être venus se confesser à Saint-Julien. Plus intéressant, il avait trouvé un numéro de téléphone fixe au nom d'un Fernand Badie à Mimizan-Plage.

En finissant sa tasse, Bertrand fourrageait de plus en plus dans sa tignasse poivre et sel, ses yeux bleus rivés sur les notes de la veille. Il ne savait toujours pas comment aborder la conversation. Mais à présent il était presque neuf heures, une heure chrétienne pour tenter sa chance.

— Allo, bonjour, je voudrais parler à monsieur Badie s'il vous plaît.

À l'autre bout, une voix féminine plutôt sèche réagit immédiatement.

— La famille est en deuil, monsieur, c'est à quel sujet ?

Bertrand se racla la gorge puis se jeta à l'eau.

— Je sais, madame, je suis l'ancien confesseur de monsieur Badie. Pourrais-je lui parler s'il vous plaît ?

Il y eut un silence avant qu'elle ne reprenne avec la même douceur.

— Ne quittez pas, je vais demander…

Bon, le clergé impressionne encore, se disait Bertrand en souriant intérieurement. Bientôt, des pas résonnèrent jusqu'au combiné et une voix masculine se fit entendre.

— Robert Badie à l'appareil, je vous écoute, monsieur ?

— Bertrand de Laparayre, je suis l'ancien confesseur de votre père, se risqua-t-il, j'étais curé à Saint-Julien-en-Born…

— Ah, et vous souhaitez lui parler, c'est ça ? Il a soixante-dix-huit ans, vous savez. Qu'est-ce que vous lui voulez donc ?

— Il s'agit du secret de la confession, désolé, mais c'est important.

— Écoutez, il n'est pas du matin, le mieux serait vers onze heures. Mais si c'est important, il serait préférable que vous passiez ici. Mon père est de plus en plus sourd et refuse de s'appareiller. Il y a un lien entre votre appel et le malheur qui frappe notre famille ?

— Aucun problème pour passer tout à l'heure. Je suis sur Mimizan.

— Bien… C'est au 49, rue des Pinasses, à la plage. Je l'informerai dès son réveil.

*

Sur le pont enjambant le courant qui coupait en deux cette station balnéaire pour aller se jeter dans l'océan, Bertrand ralentit et jeta un regard sur sa gauche, vers les grands bancs de sable à découvert et plus loin les vagues ourlées de blanc. Et la pensée revint, obsédante, celle de l'horrible noyade de cette jeune femme enterrée jusqu'au cou sur la grève.

Il la chassa en accélérant pour prendre à droite au carrefour suivant et longer la rive nord de ce cours d'eau dont le débouché maritime avait été canalisé. En amont du pont, il s'élargissait et de belles maisons le bordaient au nord comme au sud. Il y avait même une plage à marée basse et un petit port de plaisance en face.

Après être passé en contrebas des arènes, il continua de remonter la rive nord vers le quartier d'hiver et s'arrêta devant l'adresse indiquée au téléphone. Une belle villa basco-béarnaise à boiseries vertes à l'angle d'une impasse sablonneuse menant à une petite plage. Le long de la clôture, une berline allemande était garée sur la rue goudronnée, bientôt rejointe par la moto indienne. Bertrand mit pied à terre puis fit demi-tour pour se diriger vers le portail jouxtant l'impasse.

La porte métallique s'ouvrit d'un coup dès qu'il eut sonné. À croire que cette petite dame ronde à l'air revêche dans son tablier de cuisine l'attendait dehors. Considérant sans doute qu'elle l'avait déjà salué plus tôt au téléphone, elle l'apostropha sèchement.

— C'est vous pour monsieur Badie père ?

Bertrand lui sourit en hochant la tête mais peine perdue, elle se retournait déjà.

— Suivez-moi, il vous attend dans la véranda.

Elle fila vers la droite du jardin et il referma le battant avant de la suivre prestement à travers les massifs fleuris. En dépassant l'angle de la maison, il vit sous les pins la petite cabane en bois et aluminium vitrée sur trois côtés qui dominait le courant et sa lumière argentée. Après avoir laissé entrouverte la porte-fenêtre, la matrone redescendit les trois larges marches et lui fit signe d'entrer avant de s'éclipser vers la bâtisse.

Casque à la main, Bertrand pénétra lentement dans ce qui ressemblait à un salon d'été meublé de canapés et de fauteuils en osier aux coussins multicolores. Contre la paroi lambrissée trônait une bibliothèque copieusement garnie de livres et de revues. Côté plage, un homme sec et un peu voûté en robe de chambre était assis dans un fauteuil, jambes croisées.

— Bonjour, lui lança Bertrand avec un sourire.

— Bonjour, maugréa le vieil homme d'une voix fatiguée. Vous avez conservé votre carrure de rugbyman, mon père. Allez, asseyez-vous là, ajouta-t-il en désignant le petit canapé face à lui. Puis vous m'expliquerez ce que vous venez foutre chez moi !

Bertrand posa son casque sur un coussin et ôta calmement son blouson. Malgré l'atmosphère polaire, il faisait bon et la lumière était belle. Une fois en tee-shirt, il s'assit et observa son vis-à-vis qu'il ne reconnaissait pas. Le temps avait fait son œuvre.

Seul le regard noir brillait sur ce visage décharné aux angles vifs et au crâne rasé posé sur un long cou à la glotte proéminente. Une allure de vautour guettant sa proie.

— Bien, droit au but donc, réagit-il calmement. Sachez d'abord que je ne suis plus prêtre. Mais en tombant sur le journal, j'ai décidé instinctivement de tenter de vous aider dans ces moments atroces.

— Et vous êtes venu exprès ?

— Non, le hasard sans doute. Je passe visiter un vieil ami à Mimizan en descendant vers la Galice.

— Ah, et le secret de ma confession, vous en faites quoi ? Prêtre ou plus prêtre, vous n'avez rien à faire là ! Je n'ai pas besoin de votre aide. Vous n'aviez qu'à oublier tout ça. Presque cinquante ans, putain !

— Difficile à oublier, croyez-moi. Les confessions de meurtres sont assez rares, vous savez. Mais cela reste entre vous et moi, ne vous inquiétez pas. L'important n'est pas là.

Le vieillard se redressa un peu, sans le quitter des yeux.

— Et il est où alors l'important ?

— Le supplice de votre petite fille ne peut pas demeurer impuni. Vous, vous savez pourquoi cette horreur a eu lieu. Les circonstances de l'assassinat sont une claire référence à cette vieille histoire de Vikings que vous m'avez racontée à l'église.

— C'est ça, l'interrompit-il en haussant le ton d'une voix qui finit par casser, et je vais aussi raconter que je suis un assassin ! Non, jamais !

Bertrand se pencha un peu vers lui en accentuant son sourire.

— Mais enfin, monsieur Badie, votre crime est prescrit aujourd'hui. Là encore ce n'est pas important. Non, il faut chercher qui vous en veut à ce point si longtemps après.

Face à lui, tout lâcha d'un coup. Quelques larmes dévalèrent les joues creuses et parcheminées. En les essuyant d'un revers de main, le vieil homme bredouilla.

— Ma petite Nicole, morte par ma faute, j'ai pas mis le mouchoir ! Jamais j'aurais pensé…

— Votre prénom c'est comment déjà ? lui demanda gentiment Bertrand.

— Fernand, pourquoi ?

— Fernand Badie. Maintenant je vous connais. Vous savez, j'ai longtemps vécu en Afrique où le nom complet est très important dans la coutume. Moi, c'est Bertrand. Bertrand de Laparayre, une vieille famille. Vous m'en dites plus sur ce mouchoir ?

Fernand se reprit pour se raidir de nouveau.

— Mais vous croyez quoi ? Je vous l'ai dit, j'ai rien à vous raconter cette fois !

— Tout ça est trop grave Fernand, vous ne pouvez pas garder le silence.

— Même si c'est prescrit, je parlerai pas aux gendarmes.

— Moi non plus, lui sourit Bertrand, secret de la confession oblige. Mais il faut faire avancer l'enquête. Vos fils sont au courant ?

— L'aîné non, il s'entend pas bien avec son frère et avec moi c'est moyen. Je le vois très peu. Robert, lui, connaît l'histoire en gros et sait pour les manuscrits, enfin ceux décrivant les préparations médicinales. Je ne lui ai jamais parlé des autres ni de mon crime.

Fernand Badie semblait s'apaiser, nota Bertrand en observant son souffle. Il se leva et s'accroupit à côté de ce vieillard tourmenté en posant une main affectueuse sur son genou.

— Et si vous me parliez à moi, Fernand, si on faisait équipe pour retrouver le malade qui a infligé ça à votre petite Nicole ?

Il jouait à quitte ou double. Le contact se fit. Les yeux noirs s'adoucirent un peu en plongeant dans le bleu clair des siens.

— Vous aideriez le salopard que je suis en gardant le secret ?

— Oui, sans aucune hésitation. Je suis ici chez un vieil ami de Saint-Julien, un gars du rugby. J'ai du temps, un cerveau, des bras, et je n'aime pas le mal.

— Le mal, il me poursuit depuis que j'ai acheté ces fichus manuscrits !

— Il a fatalement un visage. Vous recevez toujours une lettre anonyme chaque année ?

Fernand soupira longuement avant de parler.

— Si j'accepte votre proposition, vous me promettez…

— Le silence, oui, je vous l'ai dit. Vous ne craignez rien de moi. Allez, racontez, sourit Bertrand en se relevant pour retourner dans le canapé sans le lâcher des yeux.

— Oui, j'en reçois encore, toujours le 1er septembre, le soir où j'ai jeté le gars à la flotte dans le sac. Y'a eu une interruption de presque dix ans, puis ça a repris depuis trois ans.

— Et l'assassinat de votre petite fille a bien eu lieu le soir du 1er.

— Mais cette année, ça a changé. J'ai d'abord reçu une lettre me demandant d'accrocher un mouchoir blanc le 15 août au petit portillon sur la plage du courant, pour répondre.

— Pour répondre à quoi ?

— Pour montrer que j'acceptais de donner les manuscrits qui parlent de la pierre. Et je l'ai pas fait ! Et elle est morte ! Tenez, reprit-il en fourrant la main dans la poche de sa robe de chambre, celle-là est arrivée ce matin.

— Merci de votre confiance, ça va vous faire du bien de ne plus être seul.

Fernand soupira et Bertrand déplia la feuille. Des mots découpés dans des journaux et collés, classique

Si tu ne veux pas que ça continue
Rends ce que tu sais au creux du chêne de Lue[13]
Au couchant ce samedi
Pas de police
Dernière chance

— Qu'est-ce que vous allez faire ?

---

13 Énorme chêne très ancien - réputé millénaire - situé sur la commune de Lue proche de Mimizan.

— Je les donnerai pas à l'assassin, jamais, plus rien à perdre !

Bertrand respira amplement. Patience, patience…

— Si je me souviens bien de votre histoire, l'homme que vous avez éliminé savait où était la fameuse pierre et voulait vous racheter les manuscrits la concernant. Ce qui doit aussi être le cas de l'assassin aujourd'hui qui veut à tout prix récupérer son mode d'emploi, non ? Alors qui ? De la famille ? Vous connaissez le nom de cet homme ?

— Oh je m'en souviens oui ! Casenabe, Roland Casenabe, originaire de Lit-et-Mixe, en dessous de Contis. Quelle histoire, j'étais pas à l'aise, croyez-moi.

— Comment ça ? Quelle histoire ? Vous l'avez jeté dans le lac, non ?

— Dans un sac attaché à une grosse pierre, oui, mais on l'a retrouvé le lendemain matin agonisant sur la rive. Transporté à l'hôpital de Mont-de-Marsan, il est mort dans la nuit sans avoir repris connaissance. Je tremblais à chaque fois que j'ouvrais un journal durant les jours qui ont suivi. Mais rien, on n'en a plus jamais parlé. Moi j'ai pas bougé et j'ai essayé d'oublier cette pierre miraculeuse et mon forfait. Sauf que chaque 1er septembre… Et maintenant il passe à l'acte ! Mais pourquoi si tard après avoir arrêté les lettres pendant tout ce temps ? Pourquoi Nicole ? Bon Dieu c'est qui, un fantôme ? se mit à sangloter le vieil homme.

— Il avait quel âge ce Roland Casenabe ?

Fernand avait sorti un mouchoir de son autre poche et tamponnait ses yeux rougis.

— Dans les cinquante ans, je pense.

— Et le lac, c'était en quelle année ?

— 1970, oui, le soir du 1er septembre 1970.

— Donc, il aurait autour de cent ans aujourd'hui si par miracle il avait survécu en secret. Pour moi, quelqu'un de plus jeune a dû avoir connaissance de cette histoire et vous menace depuis des décennies avec ses lettres. Pas de fantôme dans tout ça ! Le plus souvent, le surnaturel cède toujours la place au sordide, croyez-moi. Et sa famille ?

— Aucune idée, j'ai rien cherché à savoir. Je me suis fait oublier.

Bertrand commença à plonger une main dans sa tignasse, signal d'une réflexion en route.

— Bon, vous me laisseriez voir du côté de Lit-et-Mixe s'il ne reste pas de la famille ? On ne sait jamais. Qu'est-ce que vous en pensez ?

Le silence dura le temps que Fernand se gratte copieusement la cuisse droite.

— Pff, tout ça est tellement vieux. Mais bon, puisque vous en avez l'envie et le temps, d'accord, je vous fais confiance. Décidément vous me confessez à chaque coup, vous ! lui lança-t-il d'un air contrarié en tendant son long cou en avant.

— Eh bien, merci pour votre confiance. On sent que vous n'avez pas l'habitude, rigola Bertrand.

Le vieillard le toisa d'un regard noir.

— Non, c'est vrai. J'ai jamais fait confiance à personne ! Allez, partez avant que je me mette à penser que je fais une connerie.

— Je m'arrête vous rendre compte en fin d'après-midi si vous voulez.

— Pourquoi pas, je ne vois pas grand monde vous savez.

— Mais vous êtes en famille ici...

— Laissez ça. À tout à l'heure, conclut abruptement Fernand Badie en rentrant son cou dans sa robe de chambre.

*

Bertrand roulait tranquille sur l'ancienne piste allemande reliant Lespecier à Mimizan-Plage à travers la forêt littorale. Il savourait chaque kilomètre de cette longue balade finalement inutile.

Repensant à son déjeuner tout à l'heure avec Étienne, il s'entendit à nouveau accepter de participer ce soir à une partie de pêche sur la plage. Impatient, il avait abandonné son hôte pour partir à Lit-et-Mixe juste après le café, prétextant une grosse envie de profiter de son nouveau jouet mécanique. De toute façon, il n'était pas question de confier quoique ce soit à Étienne, trop bavard et pas assez fin.

Sur le Net, il avait trouvé l'adresse et le numéro du téléphone fixe d'une certaine Jacqueline Casenabe. Mais celui-ci n'était plus attribué. Une fois au centre du petit village de Lit-et-Mixe, près de l'église, une ancienne voisine avenante l'avait alors renseigné. Mademoiselle Casenabe, quatre-vingt-neuf ans, n'habitait plus là. Oui, elle avait bien eu un frère, Roland, décédé aujourd'hui.

Mais depuis plus d'un an, la vieille demoiselle était résidente de la maison de retraite de Mimizan.

D'où ce retour à la case départ sourire aux lèvres, sur sa Royal Endfield qu'il commençait à apprivoiser. Un bonheur partagé avec les pins aux cimes agitées par le vent d'ouest qui le regardaient passer sous un soleil généreux.

Une fois dans le hall moderne et lumineux de l'Ehpad où le bois était omniprésent, Bertrand fut vite renseigné à l'accueil. Puis une jeune aide-soignante accepta gentiment de le guider jusqu'au studio de Jacky Casenabe. Quand elle frappa à la porte, un « oui » un peu las lui répondit et elle entra.

— Jacky, vous avez de la visite, un ami de la famille.

Entre le lit et la fenêtre ensoleillée se tenait assise une petite dame rondouillette aux cheveux blancs et courts. Elle semblait tout entière absorbée dans la lecture d'un cahier à spirales posé sur un petit guéridon. Fortement penchée en avant, un stylo en main, elle se guidait de son doigt malgré ses grosses lunettes.

— Ah… Et qui ça ? demanda-t-elle en relevant doucement son buste dans un gros soupir.

Bertrand pénétra plus avant dans la pièce donnant sur un grand parc fleuri et arboré.

— Bonjour, je suis en contact avec quelqu'un qui connaissait votre frère Roland.

Elle retira ses lunettes et un regard bleu délavé se mit à le considérer avec grande attention.

— Bonjour monsieur, il y a bien longtemps qu'il est mort Roland oui…

— Bien, je vous laisse Jacky. À tout à l'heure pour le dîner, lui sourit la jeune femme en refermant la porte.

— Je m'appelle Bertrand de Laparayre.

— C'est pas un nom du coin ça ! Prenez le fauteuil là et approchez que je vous voie mieux.

Bertrand s'exécuta en lui souriant.

— Non, je vous connais pas. Qu'est-ce qui vous amène ? lui demanda-t-elle en lui rendant son sourire.

Il opta pour une absolue franchise.

— J'ai été curé de Saint-Julien-en-Born pendant quinze ans.

La vieille dame secoua la tête et se mit à rire.

— Chez les Casenabe, on fréquentait pas beaucoup les églises vous savez !

— Ce n'est pas important. Mais à l'époque, j'ai reçu la confession de l'homme qui a voulu tuer votre frère en le noyant dans le lac d'Aureilhan.

Elle en resta bouche bée, les yeux effarés.

— Son crime est prescrit aujourd'hui mais lui est encore vivant, ajouta Bertrand.

— Il a toujours les manuscrits ? demanda-t-elle en chuchotant.

— Oui, et on le menace à son tour maintenant.

— Le crime sur la plage, hein ? rétorqua-t-elle avec un regard entendu. Bah, moi je dis rien mais ça m'étonne pas. À l'époque, le toubib est pas venu pour rien après les gendarmes…

Là, Bertrand resta abasourdi de longues secondes par l'accélération. La demoiselle était surprenante. Il tâcha de reprendre dans l'ordre.

— Attendez un peu, pourquoi vous parlez du crime sur la plage ?

— Hébé, c'est les vieilles histoires de quand les Vikings étaient chez nous. C'est « la punition de l'océan », pardi ! Vous aimez lire ?

Aïe, on allait perdre le toubib et les gendarmes.

— J'adore, mais dites, vous parliez d'un docteur venu après les gendarmes, non ?

La vieille dame se renfrogna un peu mais vu l'intérêt manifesté par son visiteur, elle se décida à raconter.

— Ce soir-là, le lendemain de la mort de Roland, un homme a frappé chez nous. Grand, bien habillé, autoritaire, il m'a dit qu'il était le médecin qui l'avait soigné jusqu'au bout à l'hôpital. Mon frère lui avait un peu parlé et il venait de la part de la gendarmerie pour récupérer quelque chose dans sa chambre, un indice important. Quand il est redescendu après avoir farfouillé là-haut, il n'a pas traîné. Mais j'ai pu apercevoir les carnets qui dépassaient de la poche de son imperméable.

— Quels carnets ? lui sourit Bertrand.

— Ceux du curé de Lit-et-Mixe pardi, que la grand-mère de Roland avait récupérés.

— Ah... Et mon confrère racontait quoi dans ses carnets ? rigola Bertrand.

— Toute l'histoire qui est arrivée au grand-père de mon frère. Moi je ne suis que sa sœur adoptée quand il avait déjà vingt ans. Le pauvre, quand même !

— Oui... Et qu'est-il arrivé à son grand-père ?

— Figurez-vous que quand il travaillait à la construction du phare de Contis en 1863, il a découvert la tombe d'une druidesse, mon héroïne, chuchota-t-elle en tapotant sur le cahier à spirales ouvert sur le guéridon.

Puis elle lui lança un clin d'œil coquin et se mura dans un joyeux silence, un petit sourire accroché au coin des lèvres.

— Et il a trouvé les manuscrits dans la tombe ? demanda Bertrand.

— Oh oui, et aussi un coffre qu'il n'aurait jamais dû ouvrir. Sa femme et sa fille d'alors en sont mortes.

— La fameuse pierre ?

— Si vous saviez les précautions que mon héroïne doit prendre pour l'utiliser, c'est dangereux, eh oui !

La demoiselle se remit à tapoter sur le cahier et Bertrand se jeta à l'eau en croisant les doigts.

— Vous avez lu ces carnets, c'est ça ? Et vous avez raconté l'histoire ?

Le visage de Jacky se tendit d'un coup.

— Je l'ai écrite, monsieur, pas racontée ! C'est un roman oui, mais cette histoire entre un prince Viking et une druidesse a eu lieu. Comment dire ? D'ici je ne peux rien faire pour envoyer le manuscrit à un éditeur. Je ne peux même pas faire de photocopies des deux cahiers, car il y en a deux, sourit-elle fièrement en relevant la tête.

Là, une fameuse piste était en train de s'ouvrir devant Bertrand.

— Ah, mais j'ignorais que j'allais rencontrer une écrivaine. Je peux vous aider pour les photocopies si vous voulez.

Elle se tortilla un peu dans son fauteuil et plongea ses yeux malicieux dans les siens.

— Hum, maintenant vous voulez le lire, hein ?

— Bien sûr, ça va m'aider à comprendre ce qui se passe avec ce crime sur la plage, lui répondit-il toujours aussi franchement.

— D'accord, mais je n'ai pas fini de le relire. Il faudra repasser dans quelques jours, réagit-elle, toute contente qu'il se passe enfin quelque chose autour de son manuscrit.

— Bien sûr, je comprends, quand vous serez prête. Dites, je peux vous poser une question ?

— Si vous voulez, j'aime bien parler avec vous. Vous aimez lire alors ? Tant mieux, vous me direz franchement ce que vous en pensez, promis ?

— Promis, parole d'ancien curé ! Ma question est au sujet des manuscrits. Le grand-père de Roland en a fait quoi ? Il les a vendus ?

— Oh que oui, avec l'aide du curé, ça a mis du beurre dans les épinards. Mais mon frère a toujours suivi ça de près. Il a failli les racheter à Bordeaux lors d'une vente publique, environ six mois avant sa mort. Mais le pauvre n'avait pas assez d'argent pour tout le lot. Alors plus tard, il a voulu aller voir l'acquéreur pour négocier juste le manuscrit qui parle de la pierre.

— Oui, et ça a mal tourné pour votre frère. C'est ce que l'homme en question m'a confessé à l'époque. Et cette pierre, qu'est-ce qu'elle est devenue ?

Mademoiselle Casenabe fit une moue et baissa les yeux.

— Là, ça fait deux questions, monsieur. Je me sens un peu fatiguée maintenant. Revenez dans trois jours. J'aurai fini ma relecture et j'ai de l'argent pour les photocopies, vous savez.

— Je vous les offre avec plaisir, croyez-moi. Grâce à vous, je commence à mieux comprendre ce qui se trame. Ce toubib qui a pris les carnets ne vous aurait pas dit son nom, par hasard ?

— Non, laissez-moi à présent, chuchota-t-elle en se laissant aller les yeux fermés dans son grand fauteuil.

— Merci encore pour votre temps. À vendredi alors.

Jacky Casenabe hocha simplement la tête et Bertrand sortit.

Il était presque dix-huit heures, un peu tard pour aller raconter tout ça à Fernand Badie. Puis il avait besoin de remettre ses idées en ordre, de laisser refroidir. On verrait demain matin.

Ce soir, c'était partie de pêche, apéro et casse-croûte sur la plage !

EXTRAIT DES CARNETS DU CURÉ DE LIT-ET-MIXE 1863 -1864

Après l'enterrement de sa femme, suivi deux semaines plus tard de celui de sa fille unique âgée d'à peine quatre ans, André Casenabe avait demandé à me parler. Ce maçon peu porté sur la religion avait grand besoin de partager le fardeau qu'il portait seul. Même si, à mon avis, c'était surtout ma connaissance du latin qui lui était indispensable.

Ce qu'il m'avait alors confié et donné à lire me sembla suffisamment troublant et important pour être consigné dans ces carnets.

André travaillait sur le grand chantier de construction du phare de Contis.

Lors du creusement des fondations, un soir où il faisait des heures supplémentaires, il tomba sur une couche rocheuse en profondeur. Des blocs de garluche qui semblaient agencés entre eux. Intrigué, il traîna de façon à se retrouver seul dans la vaste fosse.

Lorsqu'en partance pour une soupe bien méritée son dernier collègue eut remonté l'échelle, André s'attaqua à sa découverte avec un pic. Après de longs efforts, une partie des pierres s'effondra alors dans un vide et il découvrit une sépulture, un très ancien tumulus.

Sa lampe à pétrole éclaira tour à tour une jarre fermée, un petit coffre et les restes poussiéreux d'un corps allongé sous un épais tablier de cuir.

La jarre contenait des manuscrits en latin qu'il me confia pour que je les lise, lui traduise et l'aide à savoir s'ils pouvaient avoir de la valeur. Quant au coffre, il était très curieux, lourd pour sa petite taille m'a précisé André. En plus d'un sablier doré, il contenait enchâssé dans ses épaisses parois de plomb un éclat métallique brillant. Au point que son épouse ne put résister à le porter en pendentif.

Mais la pauvre femme décéda en moins de deux semaines, d'une foudroyante maladie du sang d'après les docteurs. Sa fille succomba peu après dans les mêmes circonstances.

André lui survécut miraculeusement et ne parla à personne de sa découverte. Mais il regrettait d'avoir été faible avec sa femme, d'avoir cédé pour la pierre. Il était persuadé que celle-ci les avait tuées, elle et sa fille.

Ce n'était sans doute pas pour rien que cet éclat de métal ressemblant à un piment desséché était enfoui au cœur de ce coffre en plomb. Et quand je lui traduisis le texte décrivant son usage et les précautions à prendre, il fut renforcé dans sa conviction de faire disparaître le coffre pour toujours.

Il me confia plus tard qu'en fait il l'avait caché pour un bon bout de temps. Haut et bien enfoui, ce sont ses propres mots. Ses descendants sauraient quoi faire s'il le fallait. Lui avait l'air épuisé par toute cette histoire.

Ces textes que j'avais tous parcourus composaient en fait trois volumes distincts.

Le plus étoffé avec près d'une quarantaine de manuscrits était relatif à des préparations médicinales d'origine celte pour guérir les principaux maux qui nous assaillent.

Le plus curieux relatait des faits remontant à l'an 839 et se déroulant sur la côte, juste à côté d'ici, à Contis et à Mimizan. Deux ports alors fortifiés par les Vikings et abritant les chantiers de construction de leur flotte de guerre. J'avais été fort surpris de lire qu'ils venaient envahir la Gascogne jusqu'aux Pyrénées et comptaient bien y rester. Il ne s'agissait pas de pillage mais de commerce d'esclaves capturés au nord, débarqués sur nos côtes et vendus en Espagne.

Le troisième texte, le plus étrange, restait néanmoins celui traitant de l'usage de la pierre par une femme initiée à l'art des druides. Son père adoptif aurait été le dernier d'entre eux dans le bois sacré de Contis. Selon la légende qui l'accompagnait, cette pierre aurait été utilisée depuis des temps immémoriaux sur les champs de bataille.

Appliquée sur des plaies propres ou des fractures réduites, elle aurait une capacité de cicatrisation absolument extraordinaire. L'auteur des manuscrits en témoignait longuement. Bien sûr, elle fut plutôt réservée aux chefs qu'à la piétaille. Mais cette femme l'utilisait aussi et largement en faveur de la population lors d'accidents ou d'attaques.

Pour pratiquer, elle devait revêtir un épais tablier de cuir, des gants de même facture et ne laisser la pierre en place qu'un temps précis décompté par le sablier. Au-delà, son application pouvait se révéler mortelle. La description des opérations était minutieuse. L'usage du sablier était délicat, le temps de contact dépendant du type de blessure et de la zone du corps concernée. Tout cela paraissait essentiel pour éviter au mieux de graves brûlures, au pire une mort certaine.

Côte landaise

En ce mercredi matin couvert, des cliquetis d'outils dans le garage au-dessous de sa chambre tirèrent Bertrand de son sommeil autour de huit heures.

La veille, la partie de pêche avait duré et il s'était régalé du spectacle grandiose du couchant puis des cieux étoilés. Il avait péché mais rien attrapé. Normal, c'était sa première initiation au *surf casting*. Mais il avait apprécié cette longue soirée, les papotages autour du casse-croûte collectif bien arrosé, la concentration et le silence nécessaire à la pêche.

D'ailleurs, il l'avait respecté en allant marcher seul sur la plage un long moment. Excepté le bruit de fond des vagues, cette balade lui évoqua le désert du Sahara livré la nuit au cosmos tout entier.

Le petit groupe de pêcheurs se montra accueillant et au détour d'un échange, il eut même des nouvelles d'une famille de Saint-Julien qui avait elle aussi migré vers Mimizan. Une veuve et sa fille souffrant de problèmes psychiques qu'il avait bien connue petite.

À présent, il était temps de se lever. Bertrand avait en tête de passer voir Fernand Badie vers onze heures, comme la veille.

Une fois douché et rasé, il descendit dans la cuisine fleurant bon les années soixante, formica marron clair et carrelage jaune assorti. Son ami avait visiblement fait un passage matinal à la boulangerie. Bertrand n'avait plus qu'à réchauffer du café déjà prêt.

Un moment plus tard, la porte d'entrée s'ouvrit brutalement sur les rondeurs d'Étienne sanglées dans un bleu de travail. La réparation matinale de sa tondeuse à gazon tournait mal.

— Saloperie de matos chinois ! lança-t-il en entrant dans la cuisine. Le temps est tout gris, tu as vu ? Le Jean-Luc te l'a dit hier soir en te montrant les cheveux d'ange dans le ciel. Quand tu vois ces nuages-là, le temps va changer.

— Bonjour Étienne, lui sourit Bertrand. Merci pour le pain frais et les viennoiseries, merci pour tout en fait.

Presque gêné par tant de gratitude, son hôte sourit à son tour. Il se servit à la casserole une tasse de café encore chaud avant de s'asseoir face à lui et à la pendule murale elle aussi en formica.

— Jean-Luc, c'est celui avec les belles moustaches en guidon de vélo, hein ? demanda Bertrand en mastiquant son croissant.

— Oui, c'est ça.

— Celui qui disait avoir fait faire des travaux chez lui par la fille de madame Laporte. Tu te rends compte, je l'ai connue toute petite et maintenant elle est dans le bâtiment. Aujourd'hui, elle doit approcher des quarante ans.

— Ouais, elle est auto-entrepreneuse comme son copain avec qui elle travaille. Mais Jean-Luc m'a confié qu'ils sont vraiment bizarres, surtout elle.

— Peut-être, mais hier soir il a dit qu'ils avaient fait du bon travail, souligna Bertrand avec un grand sourire. Je les reverrais avec plaisir d'ailleurs, elle et sa mère...

— Ben je crois que toutes les deux habitent entre la plage et le bourg. Si tu veux, je peux demander l'adresse exacte à Jean-Luc.

Bertrand avala une gorgée de café tout en acquiesçant.

— Je veux bien.

— Ah, au fait, reprit Étienne en se levant, à midi y'a un déjeuner au club nautique. On fête la mémoire d'un ancien. Je t'ai inscrit.

— Ouf, chez vous on ne meurt pas de faim, soupira-t-il en regrettant immédiatement son copieux petit-déjeuner.

— Allez, je vais voir si je peux faire quelque chose avec cette pute de tondeuse ! Sinon je suis bon pour changer la pièce. Et s'il faut la commander l'herbe aura le temps de pousser, je te le dis !

Bertrand se leva également et se mit à débarrasser la table.

— Je te rejoins. Parfois, avec quatre yeux on y voit plus clair.

— Eh bé d'accord, rigola Étienne en quittant la cuisine.

Quatre yeux ou pas, son ami était finalement parti pour le bourg en priant pour que la pièce soit en stock. Bertrand se retrouvait libre d'aller faire un tour avec la Royale comme il l'appelait désormais. Il avait envie de découvrir le lac d'Aureilhan tout proche et de se poser au bord, histoire de mettre ses idées en ordre avant de débarquer au culot chez les Badie vers onze heures.

Depuis son studio bordelais, il était loin de se douter que sa retraite anticipée allait commencer ainsi, par une enquête, une vraie. Il adorait ça ! Une excitation de gosse et presque l'énergie qui allait avec.

*

Lorsqu'il sonna chez les Badie, le portail du jardin mit longtemps à s'entrouvrir sur le cerbère de la veille qui n'avait visiblement pas changé d'humeur.

— Ah… Mais il vous attendait hier soir ! Pff, restez là, je vais aller voir !

Elle lui claqua le battant au nez. Bertrand patienta en louchant amoureusement sur la Royale bien calée sur sa béquille avant que la dame ne rouvre en grand.

— Bon, on a du monde à déjeuner aujourd'hui. Alors vous savez où c'est, je ne vous accompagne pas. Je suis très occupée !

Elle fit demi-tour avant qu'il ne puisse la remercier et il contourna la maison par la droite pour rallier la véranda dans le fond du jardin, le domaine de Fernand visiblement.

En montant les marches, il l'aperçut en train de refermer le journal, toujours dans le même fauteuil et dans la même robe de chambre. Il entra, déposa casque et gants sur un siège mais garda son blouson. Il faisait nettement plus frais aujourd'hui. Jusqu'ici, le soleil n'avait pas percé le gris du ciel.

Le long cou de Fernand se tendit imperceptiblement.

— Bonjour. Je vous ai attendu hier après-midi. Asseyez-vous.

— Bonjour. Excusez-moi, mais ma balade a duré.

— Alors, vous avez retrouvé la famille Casenabe ?

— Oui, la sœur de Roland est toujours vivante. Elle a vingt ans de moins que lui en fait, elle a été adoptée par la famille. Et j'en ai appris une de belle, lui sourit-il.

Le vieil homme se cala dans son fauteuil en croisant ses mains sur ses genoux.

— Allez, racontez donc.

— Le curé de Lit-et-Mixe a consigné dans des carnets toute l'histoire de la découverte des manuscrits et du coffre par le grand-père de Roland Casenabe. Tout ça remonte au chantier de construction du phare de Contis en 1863. Figurez-vous qu'ensuite le docteur qui a soigné Roland à l'hôpital de Mont-de-Marsan est venu récupérer ces carnets à son domicile le lendemain de sa mort. Sa sœur était présente. Donc, il est hautement probable que quelqu'un soit au courant de tout.

— Oui, si l'autre a parlé avant de mourir... lâcha Fernand avec un rictus mauvais qui déplut fortement à Bertrand.

Cela le conforta d'ailleurs dans l'idée de taire l'existence des écrits de Jacky. On verrait plus tard ou pas. Il préférait opter pour la prudence avec le personnage.

— Lors de votre confession, vous m'avez bien dit que Roland Casenabe savait où était la pierre puisqu'il est mort de ne pas vous l'avoir dit, ajouta calmement Bertrand.

La glotte de Fernand fit un mouvement brusque mais il encaissa.

— Oui, il le savait.

— Alors, si le médecin de l'hôpital a eu l'information par les carnets ou par Roland, aujourd'hui sa descendance ou autre veut le mode d'emploi, à tout prix visiblement.

— Dites, on ne pourrait pas essayer de retrouver le nom de ce médecin. C'est vieux mais y'a des archives, non ?

— J'y ai pensé, oui, mais comment y accéder ?

— Exact, c'est compliqué.

— Sauf si vous parlez aux gendarmes. Eux, ils peuvent le faire dans le cadre de l'enquête.

Fernand en secoua sa robe de chambre de haut en bas avec une belle grimace.

— Je vous l'ai déjà dit, hors de question !

— Bon, mais vous allez faire quoi pour samedi ?

— Quoi samedi ? Laisser les manuscrits au chêne de Lue ?

Bertrand hocha la tête.

— Jamais ! Puis d'ailleurs ils n'existent plus les manuscrits ! Trop vieux, j'ai dû tout faire numériser en catastrophe à Paris y'a quelques années.

— Ah… Et si moi j'allais voir les gendarmes pour essayer de retrouver ce nom ? Nous ne sommes que mercredi, ça laisse du temps.

— Et le secret de ma confession, on en fait quoi ?

— Mais ne vous inquiétez pas, je peux parfaitement me débrouiller avec ça et vous protéger.

— Non, non, et non ! Je vous interdis d'aller parler aux gendarmes. Vous m'entendez bien ?

— Et que va-t-il se passer à votre avis ? Une autre victime ? C'est ça que vous voulez ?

— Et pourquoi pas moi après tout ? Mais moi, je m'en fous, je suis vieux. Ma petite fille chérie est morte, plus rien à perdre !

— Vous détenez les manuscrits. Que faire sans vous ?

— En tout cas, pas de gendarmes.

Bertrand se mit à farfouiller de plus belle dans sa tignasse.

— Vous savez, Fernand, je ne vois plus trop comment vous aider, lui sourit-il gentiment.

En face, le long cou se souleva un peu et des yeux incroyablement vifs plongèrent dans les siens.

— Moi si, donnez-moi votre main, mon père.

Il s'exécuta. Fernand farfouilla dans la poche de sa robe de chambre puis déposa une clé USB noire au creux de sa paume ouverte. Surpris, Bertrand referma les doigts sur la chose.

— Gardez ça pour moi, un petit secret entre nous, un de plus au cas où, lui dit Fernand. On va arrêter là. Je veux plus parler de tout ça. Je suis veuf, je vais enterrer ma petite fille et tout le reste commence à m'indifférer. Puis il faut que j'aille m'habiller pour le déjeuner, ses parents sont là.

— Mais qu'attendez-vous de moi ? Ce sont les manuscrits numérisés ? C'est ça ?

— Seulement deux des trois volumes, l'histoire entre le moitié Viking et la vieille druidesse et le guide d'utilisation de la pierre. Le reste, c'est pour le labo et mon con de fils cadet. À présent, ma petite Nicole ne risque plus de reprendre l'affaire, soupira Fernand. Alors gardez ça et faites au mieux selon les circonstances. Ils sont dans de bonnes mains, je le sais.

— Mais qu'est-ce que vous voulez que… ?

— Écoutez, je dois y aller maintenant, dit-il en se levant lentement. Je suis content de vous avoir revu. Bon voyage en Espagne.

— Très bien, fit Bertrand dubitatif en glissant la clé USB dans la poche de son jean. Je vous raccompagne jusqu'à la maison et je ne vous embête plus.

Pas un mot ne fut échangé jusqu'à la sobre poignée de main finale, devant la baie vitrée ouverte de la chambre du vieil homme donnant sur le jardin. Bertrand fila retrouver la Royale dehors, repoussant toute réaction face à ce qui venait de se produire.

Onze heures quarante-cinq. Il avait un peu de temps devant lui avant ce long repas prévu au petit port de plaisance sur la rive opposée du courant. Du coup, il décida de passer voir l'océan le long de la plage nord. Il lui semblait que le soleil allait enfin se montrer.

Extraits des révélations de Roland Casenabe Hôpital de Mont-de-Marsan Nuit du 2 au 3 septembre 1970

Trois heures vingt.

Nouvelle crise de délire. Le patient s'agite beaucoup.

Il dit qu'il reprend conscience dans le noir total et l'humidité. Il a mal partout, il est au fond d'une barque. Il entend le bruit des rames dans le silence, il y a deux hommes autour de lui. Sans bouger, il comprend qu'il est enfermé dans un sac. Les fous vont le jeter à l'eau.

Il n'a plus ses chaussures, sa chaussette droite est trouée. Il se sert de son orteil pour parcourir doucement la toile épaisse. Le sac est fermé juste là sous ses pieds et soudain il sent une petite déchirure qu'il commence à agrandir. C'est lent, c'est dur, mais ça fonctionne.

Bientôt, les rames stoppent. Le sac se soulève, se balance, et plonge, piquant droit vers le fond. Le poids qui y est attaché étire la toile, l'orteil et les autres doigts s'acharnent. Le pied sort et tire violemment vers le haut pour déchirer davantage. Avec la traction, le sac finit par s'ouvrir à moitié et le libère enfin.

Il peut remonter et parvient à regagner la rive en nageant malgré ses graves lésions internes.

Quatre heures.

Le patient est en panique, il s'affole.

Il veut retourner chez lui chercher des carnets sous le bureau de sa chambre, pour les mettre à l'abri des fous. Son discours est très confus.

Il parle du trésor de son grand-père et de Vikings sur la côte il y a très longtemps.

Il bredouille au sujet d'une photo, d'un chantier ?

Il dit qu'il ne mérite pas de mourir, que Badi(?) l'a tué mais qu'il n'aura rien.

Côte landaise

Sa longue baignade dans les vagues la veille après le repas au club nautique devait y être pour beaucoup. Couché tôt, Bertrand se réveilla avec ce sentiment rare chez lui d'avoir passé une excellente nuit. Seul bémol, ces deux coups de sonnette à huit heures dix.

Depuis son lit, il entendit Étienne aller ouvrir en traînant les pieds. Il y eut une sorte de brouhaha confus. Puis ce dernier monta l'escalier pour venir frapper doucement à sa porte.

— Entre, je suis réveillé, que se passe-t-il ?

— Ah ben ça, c'est les gendarmes qui demandent après toi…

— Pourquoi donc ?

— Aucune idée, mais vu leurs têtes, faut que tu viennes.

— Bon, je descends.

Bertrand se leva et enfila rapidement un jean et une chemise bleue avant de passer une main dans ses cheveux hirsutes. Une fois en bas, encore bien embrumé, il se dirigea vers le salon où Étienne tentait en vain d'offrir le café aux deux pandores.

— Bonjour messieurs, qu'est-ce qui vous amène ?

— Nous avons quelques questions à vous poser dans le cadre d'une enquête. Veuillez nous suivre à la gendarmerie s'il vous plaît.

— Une enquête, quelle enquête? Je suis juste de passage, répondit Bertrand qui avait compris.

— On vous expliquera là-bas. Prenez une pièce d'identité avec vous.

Le ton était sans appel.

— Un petit café quand même avant de partir? demanda à nouveau Étienne dépité par la situation.

— Non merci, nous y allons, répondit le jeune gendarme tandis que Bertrand attrapait son sac à dos.

Le trajet jusqu'à Mimizan-Bourg dans la camionnette bleue fut court et paisible. Silence total hormis la radio qui signala un accident de la circulation à Aureilhan. C'était une grande première pour Bertrand dont la curiosité naturelle était en alerte rouge.

Une fois arrivé à la gendarmerie jouxtant le collège du bourg, il se retrouva assis sur une chaise, dans un couloir rempli de portes et de posters vantant les mérites de la maison. Puis sa longue attente commença. Au point que malgré le passage incessant, il finit par s'assoupir. Après tout, il n'avait rien à réfléchir. Il allait simplement demeurer dans la vérité et bien renifler la situation, comme il l'avait toujours fait.

Quand le jeune gendarme roux lui tapa gentiment sur l'épaule, il sursauta puis loucha sur sa montre. Dix heures quarante-deux. Il avait bien plongé. Il s'étira franchement en se levant pour le suivre vers une porte au fond du couloir. Il se sentait l'esprit plus clair.

La pièce était blanche et étroite. Une seule fenêtre et une femme toute de bleu vêtue derrière son bureau qui lui fit signe de s'asseoir. Son visage était assez fin mais totalement impassible. Elle avait une allure sportive et de belles épaules. Bertrand se laissa tomber en soupirant sur la chaise en plastique, le regard figé sur la tasse de café vide devant elle. Les yeux noisette de cette grande brune aux cheveux courts le détaillèrent durant de longues secondes, un véritable scanner.

— Bonjour monsieur, je vous en ai commandé un. On vous a levé tôt et vous avez patienté longtemps. Je suis la capitaine Formentini de la brigade de recherches de Bordeaux. Je suis arrivée cette nuit à Mimizan.

— Bonjour…

Sur ce, la porte s'ouvrit et le café fit son entrée.

— Du sucre ? lui demanda-t-elle toujours aussi indéchiffrable.

— Non, merci, répondit-il en avalant une gorgée avec un plaisir à peine dissimulé.

Elle pivota légèrement vers l'écran de l'ordinateur.

— De Laparayre Bertrand Amédée, cinquante-huit ans. Vous étiez donc prêtre jusqu'à votre retraite toute récente, après de longues années en Afrique à ce que je vois.

— Il n'est jamais trop tôt, lui sourit-il. À mon âge, qui sait le temps qu'il nous reste à passer sur cette terre ?

— Certes. Bien, je vous interroge ce matin en tant que témoin dans l'affaire Badie, la jeune femme tuée sur la plage. Vous en avez entendu parler je suppose ?

Bertrand hocha la tête d'un air grave.

— Vous êtes en vacances ici, monsieur?

— De passage chez un ami, je descends en Galice à moto depuis Bordeaux.

— Vous êtes arrivé quand ?

— Lundi en fin de matinée.

— Et jusque-là, vous étiez où ?

— Chez moi, à Bordeaux.

La capitaine consulta brièvement son écran.

— Au 27, rue Verdier ?

Il acquiesça.

— Bien, nous vérifierons

Il aurait bien aimé lui demander si elle le soupçonnait vraiment mais la déferlante de questions continua.

— Vous connaissez monsieur Fernand Badie ?

— Oui.

— Vous l'avez vu récemment ?

— Je lui ai rendu visite à deux reprises, avant-hier et hier.

— À quelle heure ?

— Entre onze heures et midi.

Conforme au témoignage de la bonne chez les Badie. On partait sur de bonnes bases, se disait la capitaine en observant avec attention son vis-à-vis et son air tranquille, toujours à la limite du sourire.

— Quel était l'objet de vos deux visites, monsieur de Laparayre ?

— Je suis l'ancien confesseur de monsieur Fernand Badie, lui répondit-il du tac au tac en finissant son café d'un trait.

— Ah, très bien. Ce dernier avait sans doute besoin de votre réconfort.

— En tout cas, il m'est apparu très affecté par l'horrible assassinat de sa petite fille sur la plage.

— Et ? lui lança-t-elle en tapotant des doigts sur le bureau.

— Pardon ?

— Il vous a parlé de cette affaire, non ? Vous l'avez rencontré deux fois quand même.

Bertrand se sentait sous pression mais restait parfaitement calme.

— Oui, nous en avons parlé, bien sûr.

Le froncement des sourcils et le nez pincé face à lui l'incitèrent à en dire plus.

— En fait, je suis passé le voir après avoir lu dans le journal le nom de la victime. Les circonstances de son assassinat m'ont rappelé la confession d'un inconnu à Saint-Julien-en-Born près d'ici, quand j'étais curé de la paroisse il y a plus de trente ans. Et cet inconnu était bel et bien Fernand Badie.

Les doigts de la capitaine tapotaient avec agilité sur le clavier de l'ordinateur. Il poursuivit tranquillement.

— Le soir du 1er septembre 1970, ce même Fernand Badie a tenté de tuer un homme pour une histoire d'anciens manuscrits qui parlent de Vikings.

Il a échoué et cet homme a apparemment pu se confier avant de mourir pour de bon à l'hôpital. Pour moi, la façon dont cette jeune femme a été mise à mort sur la plage est sans équivoque, ça renvoie à ce lointain passé.

— Une vengeance donc ? Cinquante ans après ?

— Fernand Badie a pendant très longtemps reçu une lettre anonyme menaçante chaque 1er septembre. Et il m'a confié que ça avait recommencé depuis trois ans.

— Hum, vous en savez plus sur cet homme qui aurait parlé avant de mourir ?

Bertrand ne se fit pas prier pour continuer.

— Un peu, Fernand m'a donné son nom. J'ai pu retrouver sa sœur adoptive bien plus jeune que lui. Elle m'a appris que le lendemain de la mort de son frère à l'hôpital, le médecin qui l'avait soigné était passé chez elle. Il venait récupérer des carnets racontant cette vieille histoire. Donc, on peut supposer que l'homme du lac avait parlé à ce docteur avant de mourir.

Bertrand fit une pause en décochant un grand sourire à la capitaine qui hochait doucement la tête.

— Vous allez vite, on sent la fibre de l'enquêteur chez vous, réagit-elle sans répondre à son sourire.

— Vous savez, en Afrique, j'ai longtemps exercé au sein de villages reculés avec plusieurs rôles, dont quelquefois celui de médiateur, voire de détective. Et ça me plaisait bien. Souvent des rixes, des vols et une fois un meurtre, au Burkina Faso…

Elle recadra immédiatement.

— Qu'est-ce qui vous permet d'affirmer que le mode opératoire utilisé sur la plage fait référence à un lointain passé, aux Vikings avez-vous dit ?

— Cela s'appelait « la punition de l'océan ». Il en est question dans les manuscrits d'après Fernand.

Intéressant. Elle avait visiblement fait une bonne pioche avec le confesseur. Néanmoins, elle ne laissa rien filtrer de son intérêt grandissant, au contraire.

— OK, où étiez-vous la nuit passée ? lui demanda-t-elle soudain, le visage toujours aussi hermétique.

— Mais enfin, dans mon lit. Où voulez-vous que je sois ?

— Quelqu'un peut en témoigner ?

— Bien sûr, l'ami chez qui je loge. Mais pourquoi cette question ?

— Simple question de routine.

Les yeux noisette ne le lâchaient pas et le silence s'éternisait. À ce stade de l'entretien et de son scanner de Bertrand, forte de son expérience et de son intuition, la capitaine se décida à pousser un premier pion hors procédure.

— Mais question liée au fait que monsieur Badie a mis fin à ses jours cette nuit.

Bertrand fit reculer la chaise en plastique tant il sursauta.

— Pardon ? bredouilla-t-il un peu.

— Du coup, vous êtes là ce matin. C'est moi qui dirige à présent l'enquête sur la mort de la petite fille et du grand-père. Et vous êtes le dernier « extérieur » à l'avoir vu vivant. Ce qui fait de vous un témoin privilégié, pour le moment en tout cas, ajouta-t-elle d'un air suspicieux.

— Ah, mais il n'y a aucune raison pour que ça change, ne vous inquiétez pas, réagit-il fermement.

— Vous l'avez trouvé suicidaire lors de vos rencontres ?

— Non, ça ne colle pas avec le personnage, un fieffé têtu.

— Vous pensez qu'il a pu être assassiné ?

— C'est en tout cas une probabilité à ne pas négliger. D'ailleurs, il suffirait de retrouver le nom de ce médecin à l'hôpital. On a là une piste sérieuse dans les deux affaires, ajouta-t-il tout tranquillement.

Surprise, elle le fixa quelques secondes, tâchant en fait d'évacuer sa réaction première, mal réagir, voire très mal, pour passer à la deuxième toujours plus profitable. Cet ex-curé en savait apparemment beaucoup. Cela valait le coup de creuser en le laissant dérouler toute cette histoire.

Puis elle sentait bien le personnage. Une intuition claire à laquelle elle savait pouvoir se fier. Elle avait toujours fonctionné comme ça. Un mélange de professionnalisme et d'intuition qui l'avait quelquefois conduite à tordre la main aux procédures. Mais uniquement quand celles-ci devenaient obstacle à l'efficacité des enquêtes et à son ambition. Jusqu'ici, ça avait bien fonctionné.

— Bon, moi je ne bouge que si je comprends pourquoi. Or je ne suis là que depuis quelques heures.

Il faut me laisser le temps de digérer toutes ces informations. Ceci dit, j'ai décidé de ne pas vous placer en garde à vue. Vous demeurez un témoin qui va aller immédiatement faire une déposition à côté. Je veux tous les détails de cette vieille histoire, compris ? Donnez-moi vos coordonnées ici et le nom de votre ami. Puis je vous interdis de quitter Mimizan jusqu'à nouvel ordre.

— D'accord, souffla un Bertrand soulagé de la relative tranquillité de cet entretien qu'il redoutait quand même un peu.

Il avait néanmoins décidé de garder le silence pour l'instant au sujet de la clé USB remise par Fernand. Lui aussi suivait son intuition.

Après avoir signé sa longue déposition, Bertrand quitta le bureau de l'adjudant Lassalle, nettement plus affable que la capitaine. Une fois dans le hall d'accueil, il eut la surprise d'y trouver son ami Étienne qui, visiblement, l'attendait. Il venait en fait de déposer plainte pour le cambriolage de sa maison pendant qu'il était parti faire des courses. Et au passage, le gendarme avait recueilli son témoignage attestant la présence de Bertrand chez lui la nuit passée.

Ils repartirent ensemble dans sa Twingo escortée d'une voiture de gendarmerie. Étienne était bien secoué, c'était une première pour lui. Il précisa qu'il n'y avait pas eu d'effraction. Le cambrioleur avait utilisé la clé sous un pot de fleurs laissée pour Bertrand en partant.

— Mais tu sais, y'a que ta chambre là-haut qui a été retournée de fond en comble. Entre ça et les gendarmes qui m'ont demandé de témoigner que tu as dormi chez moi cette nuit, je crois bien que tu me caches quelque chose, non ?

Bertrand y avait déjà réfléchi. Il n'avait plus le choix. Il fallait parler, mais avec grande prudence.

— Tu as raison. J'ai mis les pieds un peu par hasard dans l'affaire de la plage. Il se trouve que j'ai connu un parent de la victime quand j'étais curé à Saint-Julien. Je suis passé le voir deux fois et les gendarmes ont débarqué ce matin pour m'entendre comme témoin.

— Merde alors, petit cachottier va ! lui sourit Étienne avec son air goguenard. Et ce cambriolage de ta chambre ?

Bertrand se racla la gorge.

— Quelqu'un a pu penser que le vieillard m'aurait donné quelque chose, je ne vois que ça. Cette affaire ne te concerne pas. Je ne voulais pas t'en parler. D'ailleurs, je te demande vraiment de ne rien dire à personne. Et fais un gros effort parce que je te connais bien, monsieur moulin à paroles.

— Je te le jure, ça reste entre nous. Je veux pas te foutre dans la merde !

— Ne t'inquiète pas. Mais pas un mot, d'accord ?

— Promis. Allez, on arrive, tu vas voir le chambard !

*

Étienne n'en revenait pas. Les deux gendarmes qui les accompagnaient n'étaient même pas entrés dans la chambre. Ils s'étaient contentés de poser des scellés sur la porte. Venue de Bordeaux dans les bagages de la capitaine Formentini, la « scientifique » allait débarquer à quatorze heures.

Une fois la maréchaussée repartie, Bertrand annonça à son ami qu'il l'invitait au restaurant. Il mourrait de faim et avait envie de prendre l'air. Avant d'aller enfin prendre une douche, il sortit et rallia le garage de la maison. La Royale était là, la petite boîte aimantée noire contenant la clé USB toujours en place dans un coin du cadre difficile à voir. Le cambrioleur n'avait visiblement pas touché à la moto.

Après avoir dégusté de copieuses tapas espagnoles à la plage sud, ils rentrèrent sans traîner. Étienne s'offrit une courte sieste pour se remettre de ses émotions matinales. À treize heures cinquante-neuf, on sonna à la porte. Un homme et une femme en blanc chargés de valises qui montèrent immédiatement vers la chambre. La « scientifique » comme avaient dit les deux gendarmes tout à l'heure.

Étienne entra dans la salle à manger en gratouillant son ventre bien rond.

— Ah, ils sont là. Y'a plus qu'à attendre alors. Je vais faire du café, tu en veux ? demanda ce dernier, les yeux embrumés, en traînant les pieds vers la cuisine.

— Non. Merci. Je vais aller visiter madame Laporte. J'ai vraiment plaisir à la revoir après tout ce temps. Puis je reviendrai ranger le bazar. Comme ça, je saurai si on m'a volé quelque chose, lui sourit Bertrand.

— D'accord, à tout à l'heure. C'est pas trop difficile à trouver, tu vas voir.

*

Sous un soleil généreux, Bertrand s'en alla d'abord faire le plein de sa machine au grand supermarché tout proche. Il continuait de gamberger ferme en repensant à sa déposition de tout à l'heure. Un point le taraudait sans cesse dans cette histoire. Le suicide de Fernand faisait tache. Pourquoi aurait-il mis fin à ses jours ? C'était un fieffé entêté, pas le genre à tout lâcher ainsi. Alors pourquoi ce geste ? Parce qu'il lui avait confié la clé ? À lui qui ne savait pas quoi en faire et qui se retrouvait en première ligne.

D'ailleurs, il regrettait tellement de l'avoir prise qu'il n'y avait pas touché depuis. Il entrait dans la partie, ce qui l'inquiétait un peu. Mais en même temps, il aimait cette ambiance particulière. L'exact contre-pied de son quotidien de prêtre, la traque de la face sombre de l'humain…

Le gros « merde » sonore qu'il poussa le tira brutalement de ses pensées. Il avait fait déborder le réservoir et il s'empressa d'essuyer soigneusement sa machine.

Une fois reparti, il roula patiemment à moins de cinquante kilomètres-heure tout du long, traversa le bourg, longea la grande usine papetière et traversa le courant au pont rouge. Une fois le rond-point de l'école passé, il attaqua toujours aussi sagement la longue avenue filant vers la plage. Il souriait en pensant à Étienne qui l'avait averti de la présence d'un nouveau radar tourelle qui prenait d'excellentes photographies.

Sa Royale ronronnait tout doucement et il croisa enfin le panneau indiquant à droite la résidence des Trounques Carquebin. Le mot l'avait fait sourire. D'après Étienne, c'était le repère pour accéder facilement chez madame Laporte. Il freina à peine et prit à droite.

Mais la petite maison ne fut pas facile à dénicher dans ce quartier aux rues tournant sur elles-mêmes et aux nombreux ronds-points. Finalement, il arriva bien devant le numéro 7 et un portail de bois branlant. Il était grand ouvert sur un bout de jardin encombré où était garé un scooter blanc. En retirant son casque et son blouson, Bertrand sourit à la silhouette sombre qui se profilait, curieuse, dans l'entrée de la maison ouverte elle aussi.

— Madame Laporte ? Francine Laporte ? C'est bien vous ? lança-t-il dans sa direction.

La femme avança dans la lumière puis dans l'allée, en clignant des yeux. Il la reconnut sans peine, petite et toujours aussi maigre.

— Oui, qu'est-ce qui vous amène monsieur ?

— Je suis le père Bertrand. À Saint-Julien, vous vous souvenez ?

Sous le foulard marron qui couvrait sa tête, deux grands yeux noirs cernés éclairèrent d'un coup son visage blême et fatigué.

— Ah ça, quelle belle surprise ! Venez mon père, je vous en prie.

— Appelez-moi Bertrand à présent, je suis à la retraite.

La conversation chaleureuse et pleine de souvenirs qui s'engagea alors dura plusieurs minutes au beau milieu de ce jardin parsemé de matériaux de chantier et peuplé de chats aux robes variées. L'un d'eux, gros, noir et âgé, souhaita la bienvenue à Bertrand en s'enroulant littéralement autour de ses pieds.

— Ne regardez pas le bazar ! Entrez, mon père, pardon, Bertrand.

Il la suivit dans la pièce de vie de cette petite maison sans étages. Effectivement, le plus grand désordre régnait, côté salon comme côté cuisine. Trois matous postés en hauteur l'observaient avec attention tandis que le gros noir se frottait toujours contre son jean. Sous l'évier, deux fesses bien rondes sanglées dans un bleu de travail se tortillaient en reculant au milieu des outils.

— Sarah, tu ne devineras jamais qui vient nous voir. L'évier était bouché, heureusement qu'elle est là, elle sait tout faire, murmura Francine à l'attention de Bertrand, parce que moi avec la maladie…

— Oui, en plus la chimio fatigue beaucoup, lui sourit-il.

Les rondeurs de Sarah émergèrent soudain derrière la table de la cuisine, un air satisfait sur son visage rond et pâle qu'il reconnut immédiatement. Elle avait conservé ses joues rosées et ses grands yeux bleus à l'air étonné d'être là. Par contre, sa belle chevelure blonde avait disparu. Elle était coiffée court et en bataille.

Elle le fixa un moment puis se baissa pour ranger les outils dans leur boîte.

— Je ne vois pas, dit-elle en se relevant.

— Langue au chat et y'a le choix, rigola Francine. Le père Bertrand, il s'est occupé longtemps de toi pour les devoirs quand tu étais petite. Il est à la retraite maintenant. Tu te souviens ?

— Non ! Puis y'a du boulot au chantier, faut que j'y aille, ajouta-t-elle presque sèchement en ramassant sa boîte à outils.

Bertrand lui sourit.

— Ce n'est pas grave. Moi je me souviens et je suis content de te revoir Sarah. Tu travailles dans le bâtiment maintenant, c'est ça ?

En contournant la table avec une curieuse grimace, elle le toisa de ses grands yeux.

— Pff, je suis bien autre chose que ça mon pauvre ! Allez maman, à ce soir tard, n'oublie pas tes cachets avec le souper.

Sur ce, elle fila vers la porte en chassant du pied le gros matou noir qui traînait en travers de son passage. Un peu surpris, Bertrand ne savait que dire tandis que le scooter démarrait dans le jardin.

— Bon, on va boire le café, annonça Francine en ralliant la cuisinière. Vous savez, elle est pas toujours comme ça. Elle va bien mieux depuis quelque temps. Mais elle est quand même restée très sauvage.

— Je suppose que le travail l'équilibre beaucoup.

— Ah ça oui, et puis elle fait équipe avec son amoureux, alors…

— C'est très bien ça. Malgré ses difficultés elle construit sa vie à sa façon comme nous tous, et elle a l'air d'avoir une bonne opinion d'elle-même.

— C'est depuis qu'elle voit un psychiatre de Bordeaux qui s'est installé à Aureilhan en préretraite, le docteur Vardel. Il l'a prise en sympathie, il ne la fait même plus payer. En même temps, il ne manque de rien. Sarah m'a dit qu'il a une belle villa moderne au bord du lac.

— Eh bien, elle a beaucoup de chance, dites-moi.

— Oui, il lui fait de… l'hypnotique.

— Ah, de l'hypnose sans doute, sourit Bertrand.

— C'est ça, des séances d'hypnose, ça l'apaise beaucoup mais…

Le silence se prolongea tandis qu'elle remplissait deux mazagrans de café.

— Vous disiez ?

— Rien, non, elle va bien. Tant mieux, parce que moi le crabe me bouffe peu à peu. Allez, venez-vous asseoir, on va papoter, ça me fait tellement plaisir de vous revoir, mon père, oh, pardon.

— Moi aussi, je m'étais toujours dit que je passerai vous voir si je venais à Mimizan.

— Et vous roulez à moto alors ?

La conversation repartit de plus belle au milieu des chats entrant et sortant, sans oublier de monter sur la table pour venir renifler l'inconnu de près. Au début du manège, Francine les chassait par politesse mais Bertrand l'apaisa rapidement. Il adorait leur compagnie.

*

Vers seize heures trente, il était de retour chez Étienne pour apprendre que la capitaine Formentini avait appelé. Il était convoqué à dix-huit heures. Il eut donc le loisir de ranger sa chambre et de constater que rien ne lui avait été volé.

La Royale stoppa devant la gendarmerie à dix-sept heures cinquante-cinq. Pourtant, son pilote ne rencontra à nouveau la capitaine qu'une grosse demi-heure plus tard. La journée de cette dernière, partie de Bordeaux à trois heures ce matin, commençait à prendre des allures de marathon. Les traits tirés, elle lui confirma avoir lu sa déposition détaillée avec grand intérêt.

En effet, la piste lui semblait de plus en plus sérieuse. Il s'agissait pour elle à présent de tirer le meilleur parti de ce détective-témoin pour avancer rapidement dans l'enquête.

Le ton se fit plus raide.

— On m'a dit que vous aviez été cambriolé ce matin.

— Oui, ma chambre a été retournée mais on ne m'a rien volé, répondit-il surpris.

— Mes collègues s'en occupent. On va bien voir si quelque chose sort du chapeau. D'ailleurs, je vais vous demander de vous soumettre à un test salivaire pour avoir votre ADN, pour pouvoir séparer éventuellement le bon grain de l'ivraie. D'accord ?

— Bien sûr, aucun problème. Ce sera une première, lui sourit-il.

Le visage fatigué de la capitaine demeura de marbre.

— Parfait. Mais on dirait bien que « quelqu'un » pense que monsieur Badie aurait pu vous confier quelque chose, non ?

Très embêté, Bertrand haussa simplement les épaules. La capitaine fit craquer ses phalanges. C'était le moment pour elle de franchir une nouvelle fois le Rubicon et de miser sur son intuition.

— Bon, écoutez-moi bien, monsieur de Laparayre, vous m'inspirez confiance. Je suppose pouvoir compter sur votre totale discrétion si je vous livre quelques détails de l'enquête. Je me trompe ?

— Non, bien sûr que non.

— Alors sachez que monsieur Badie est allé se pendre en pyjama à une grosse branche d'un chêne vieux de plus de mille ans paraît-il, celui évoqué dans la lettre anonyme de votre déposition. Et il est parti à pied… Enfin, je suppose qu'on l'a véhiculé.

Sidéré, Bertrand souffla fort en ouvrant de grands yeux. Elle poursuivit.

— On l'a retrouvé pendu les mains libres, aucune trace de liens, aucune violence. À croire qu'il a volontairement suivi son assassin depuis sa chambre. Chez lui, c'est un vrai moulin, porte-fenêtre ouverte, clôtures ridicules, discrétion de l'endroit. Bref, vous en pensez quoi vous de tout ça ?

Elle l'avait reniflé, puis piégé. Il était coincé. Joli coup !

— J'en pense que ça ne colle pas du tout avec la dernière lettre anonyme reçue par Fernand qui lui demandait de déposer les manuscrits là-bas samedi soir. Il s'est passé quelque chose…

— Oui, en lisant votre témoignage tout à l'heure j'ai fait la même déduction. Comme si monsieur Badie ne servait plus à rien. Mais vous, vous savez ce qui s'est passé, non ?

— Oui, lâcha-t-il soulagé. Le dernier soir, il m'a confié une clé USB sans aucune explication. Il a fait numériser les vieux manuscrits. Sur la clé il y a celui que cherche notre coupable.

— Eh bien voilà, soupira-t-elle, nous y sommes. Tout ça commence à prendre tournure. Notre coupable dites-vous ! Oui, vous voilà bel et bien embarqué dans cette affaire, lui sourit-elle à peine avec son air un peu moqueur. Cela dit, vous aviez omis ce fait dans votre déposition initiale.

Face à lui, le fugace sourire disparut brusquement et le visage se referma.

— Oui, en toute conscience. Je voulais prendre le temps de réfléchir à tout ça, de visionner le contenu de la clé. Mais je vous en aurais parlé, soyez-en certaine.

— Certes, j'espère surtout que vous n'envisagiez pas de faire cavalier seul.

— Bien sûr que non, je connais mes limites et je respecte grandement votre travail.

Calé sur sa chaise en plastique dans le petit bureau, il respirait mieux à présent.

Quant à la capitaine, elle jubilait intérieurement. Elle venait de gagner son pari tout en violant allégrement la procédure.

— D'ailleurs, il y a autre chose qui m'est revenu du dernier échange avec Fernand Badie, ajouta Bertrand. Il m'a dit que les recettes médicinales étaient désormais pour son « con de fils cadet » parce que sa petite fille ne risquait plus de reprendre le labo.

— Mais son fils cadet et sa femme étaient repartis à Bordeaux en fin d'après-midi tout comme les parents de sa petite fille. Et ils y sont restés. Quant à la bonne, je passe. Le coupable sait par contre que vous avez la clé USB. Figurez-vous que dans la véranda, on a trouvé deux petits micros espions astucieusement dissimulés.

— Non ! s'exclama Bertrand en sursautant.

— Vous êtes la prochaine cible, lui lança-t-elle tout tranquillement. Il est temps de faire équipe, je crois.

— Pas de problème.

Un double bip retentit. Elle attrapa son téléphone portable, lut le message, répondit en trois secondes puis se tourna vers l'ordinateur pour lancer une impression.

— Vous allez me signer une nouvelle déposition. J'ai ajouté la remise de la clé USB par monsieur Badie.

Elle lui tendit le Bic noir qu'elle malmenait toujours entre ses doigts, un vieux tic depuis l'école.

— Vous en pensez quoi vous de tout ça ? se permit-il de lui demander en le prenant.

— Là, c'est la mauvaise heure. On m'a tirée du lit à deux heures trente cette nuit et depuis j'absorbe les informations comme une éponge. Mais dès demain matin, je mets quelqu'un sur les archives de l'hôpital de Mont-de-Marsan. Vous voyez, je prends en compte votre témoignage monsieur le détective, se moqua-t-elle gentiment.

— Merci, j'en suis honoré. Et puis la nuit porte conseil, demain vous y verrez plus clair.

Elle le regarda d'un air très las.

— Sans doute. Revenez demain matin avec la clé, nous y jetterons un coup d'œil ensemble.

Le ton était un peu sec, mais il apprécia.

— Bien, à quelle heure voulez-vous ? lui demanda-t-il en signant.

— Je vous donne mon numéro de portable. Appelez avant de démarrer de chez vous et surtout soyez très prudent. Je n'ai pas les moyens humains de vous affecter une surveillance. C'est encore la saison touristique ici. Compris ?

— Oui, je serai vigilant. À demain.

— À demain monsieur le détective, le moqua-t-elle à nouveau.

Une fois dehors sous un soleil rasant, Bertrand n'avait plus qu'une envie. Aller se baigner dans les vagues comme la veille avant d'aller au dodo. Le reste attendrait, il avait eu son compte aujourd'hui.

Extraits du journal de bord de l'opération Memory

Le rejet de mes travaux sur l'hypnose et le LSD *par mes pairs était totalement infondé.*

Le passage à l'acte sur la plage, que j'ai orchestré de bout en bout malgré les obstacles logistiques, en est la brillante démonstration. J'ai d'ailleurs pu noter cette nuit-là l'importance de prendre de la cocaïne pour rester lucide et continuer à piloter fermement la séquence des opérations sans se laisser emporter par le délire ambiant.

Ces longues heures à parler pour maintenir le scénario initié par l'hypnose ont été pénibles. Le viol a atteint des sommets de délire même pour le libertin averti que je suis. Et la punition de l'océan a tourné à la cérémonie mystique sous les étoiles, une scène finalement d'une grande beauté.

Le dosage du LSD *m'a semblé optimal dans sa durée et son intensité. Mise en œuvre avec des suggestions positives et curatives comme je l'ai fait avec certains patients avant de subir l'inquisition, la méthode présente un intérêt certain.*

Mais je me fiche à présent des pistes thérapeutiques ouvertes par mes travaux.

J'ai dû avancer de quelques jours l'acte II de l'opération Memory du fait d'un improbable concours de circonstances. L'apparition d'un nouvel acteur, un grain de sable, un défroqué.

J'ai tué, mais sans véritablement passer à l'acte, un sentiment bizarre et excitant. Je n'ai eu aucun mal à accéder au lit du vieux. Mais la route avec lui jusqu'au chêne de Lue m'a épuisé, même si le résultat fut brillant. Il s'est passé la corde au cou tout seul avant de se pendre, adressant ainsi un deuxième clin d'œil historique aux pandores.

Mais je n'ai pas mon manuscrit !

Je pense le message explicite et la menace limpide pour le défroqué. Qu'il se tienne prêt à me rendre mon dû. La pierre de Juna m'attend depuis trop longtemps déjà.

Côte landaise

Après avoir intégré deux longues sonneries dans sa rêverie matinale, Bertrand se réveilla brutalement. Il se souvint qu'Étienne était parti tôt pour la pêche ce vendredi matin et descendit l'escalier en caleçon. Le téléphone fixe résonnait interminablement dans toute la maison. Pas de répondeur. Comme disait Étienne, si je suis là tant mieux, si je ne suis pas là tant pis.

Il décrocha enfin pour tomber sur une voix affolée.

— Je voudrais parler au père Bertrand, c'est bien ici ?

— Oui, c'est moi à l'appareil.

— Ah, merci mon Dieu, j'avais peur d'avoir mal noté le numéro de votre ami hier.

— Que se passe-t-il, Francine ? lui demanda-t-il doucement.

— Les gendarmes sont venus chercher Sarah. Ils lui ont mis les menottes, vous vous rendez compte ? Et pas une explication, rien !

— Vous voulez que je vienne ?

— Je sais pas, renifla-t-elle, je veux pas vous déranger non plus. Mais j'ai personne.

— Bon, faites chauffer le café, j'arrive.

Ici décidément, la grasse matinée était proscrite.

Sur ce, il remonta se préparer, regarda sa montre et redescendit rapidement dans la cuisine pour allumer la radio. Peut-être apprendrait-il quelque chose aux infos de huit heures sur France Bleu. Cinq minutes plus tard, il était fixé. Deux gardés à vue depuis ce matin dans l'affaire de Mimizan, rien de plus. Sarah ! Et peut-être son compagnon ?

Sans traîner, il attrapa casque, blouson et sac à dos puis sortit en fermant avec sa clé. Un double qu'Étienne avait fait faire la veille pour éviter désormais le pot de fleurs. Et puis le lendemain, ce dernier partait pour quelques jours à Bayonne en laissant gentiment sa maison à Bertrand, à présent obligé de retarder son départ vers l'Espagne.

*

Le vieux matou noir le reconnut immédiatement, le bruit de la moto sans doute. Dès que Bertrand mit pied à terre, il vint s'enrouler autour de ses pieds en ronronnant comme une chaudière. Puis il le suivit de près pour l'escorter jusque dans la maison.

La Royale avait fait un arrêt dans une boulangerie en venant. Le café était prêt et Francine dévastée. Curieusement, tous les chats étaient en mode pause excepté le pote de Bertrand, assis sur un coin de la table en train de faire sa toilette.

— Ils ont juste dit qu'elle était placée en garde à vue et tout ça. Pourquoi ? Je sais pas, je sais pas…

Il lui tendit un croissant.

— Allez, mangez un peu, ça va vous revigorer, lui sourit-il.

— Je n'ai pas grand faim vous savez, mais j'ai très peur. À vous je peux me confier, hein, il faut que je vous en parle. Vous lui ferez pas de mal à ma petite.

— Au contraire, si je peux l'aider, lui sourit-il en buvant un peu de café avec plaisir.

Ses neurones reprenaient lentement du tonus. Francine mordit à peine dans son croissant et se lança.

— Bon, les séances avec le docteur Vardel ont débuté quand il était encore à Bordeaux et depuis la vie de Sarah a beaucoup changé. Plus calme, plus positive, moins de crises d'angoisse, elle a même pu se mettre à travailler…

— Oui, avec son compagnon, c'est bien, l'interrompit-il.

— Oh, c'est surtout une affaire de sexe entre eux. D'après Sarah, Jo est monté comme un âne. Ah pardon, désolée, c'est sorti tout seul. Lui aussi, le docteur le soigne. Il est un peu obsédé, il a eu des soucis avec ça plus jeune.

— Mais elle va mieux, non ?

Francine secoua doucement son foulard, noir ce matin.

— Oui, mais c'est comme si elle était double, enfin…

— Double ?

— Eh bé, je dirais que des fois elle se prend pour une autre, mais dans l'ancien temps.

— Quel ancien temps ?

— Elle m'a raconté qu'elle avait vécu parmi les Vikings et les Gascons à Contis avant. Et elle a ajouté qu'elle était une druidesse très respectée.

Bertrand faillit en avaler son reste de café de travers. Et si ?

— Elle ne s'appelait pas Sarah alors, hein ?

— Eh non pardi ! Attendez, elle me l'a dit… Jana, oui c'est ça, Jana, finit-elle par lâcher.

Face à elle, l'air de rien, il prit une profonde inspiration et caressa le matou noir aux anges après sa longue toilette.

— Bon… Et vous pensez qu'il pourrait y avoir un lien avec son arrestation de ce matin ?

Enroulée dans son plaid vert bouteille, elle haussa ses maigres épaules avec une grimace.

— Je sais pas mais j'ai peur ! J'ai tellement l'habitude des rebondissements avec elle. Depuis toute petite, vous le savez bien.

Il y eut un court silence que Bertrand passa à observer une Francine très embêtée.

— Maintenant, faut que j'aille au bout, se lança-t-elle soudain. Une nuit où elle n'arrivait pas à dormir, elle m'a dit, là, à cette table, qu'elle avait été injustement punie et qu'un jour vengeance serait faite. Qui sait, peut-être qu'elle a fait une bêtise ?

— Votre fille a des problèmes, certes, mais ce n'est pas une criminelle. Je n'y crois pas. Allez, mangez un peu, pour moi, en souvenir de Saint-Julien, lui sourit-il en prenant sa main. Je vais essayer d'en savoir plus. Je vous tiendrai au courant sans faute. Et je reprendrais volontiers un peu de café, il est bon.

*

Sur le chemin du retour vers le quartier des tennis et la maison d'Étienne, la Royale roulait lentement. Son pilote était sous le choc, tout se mélangeait sous son casque. En laissant son regard filer de temps à autre le long du courant que le soleil commençait à éclairer, il tentait d'échapper à la conclusion qui pointait inévitablement.

Alors il décida d'aller rembobiner toute cette histoire face à l'océan, souvent de bon conseil d'après André et sa bande de pêcheurs. Passant une vitesse supplémentaire, il piqua droit vers la plage sud en vérifiant bien qu'il n'était pas suivi, quitte à faire un détour. C'était comme ça depuis son passage d'hier soir à la gendarmerie et ça l'agaçait déjà. Mais mieux valait être prudent. Là, il tenait quelque chose.

Assis sur un des petits bancs perchés au sommet des escaliers de bois, il contempla longuement le spectacle de la plage quasi déserte et au loin le bleu encore un peu sombre de l'océan. La marée lui semblait pleine.

Des surfeurs flottaient au large comme de gros oiseaux noirs. Plus au sud on distinguait les silhouettes de quelques pêcheurs sur la grève. Peut-être Étienne, mais il n'avait pas vu sa Twingo sur le grand parking au sommet de la dune.

Par contre, lui avait garé sa machine bien en vue, solidement amarrée à un poteau. Désormais c'était aussi son coffre-fort, bien dérisoire face à toute cette violence. Jamais il ne s'était retrouvé dans une telle situation. Serait-il à la hauteur ?

Il avait peur, il le sentait bien. Et il allait falloir faire avec, comme face à l'adversité en Afrique. Avancer était la seule solution. La peur pouvait aussi protéger et de toute façon elle était là. Il se secoua, plongea ses yeux dans les vagues que le soleil taquinait déjà et la conclusion s'imposa de nouveau.

Sarah se prend pour la druidesse. Manipulée, hypnotisée par ce psychiatre, elle va jusqu'à participer à cette horreur de la plage ! La gendarmerie doit enquêter tout de suite sur ce docteur Vardel à Aureilhan. Je vais appeler tout à l'heure.

Mais les merveilleux cent quatre-vingts degrés du panorama face à lui, ce mouvement permanent, le vol gracieux des sternes dans un léger vent d'est, cette immense tranche d'ocre et de bleu brillant sous le soleil, tout cela l'emporta durant de longues minutes. Toute réflexion terrestre cessa.

*

Une fois à la maison, Bertrand trouva Étienne dans la cuisine en train de casser la croûte après sa pêche minable. Se lever aux aurores pour attraper des vives. Bref, bougon !

— Des quoi ? lui demanda-t-il avec le sourire.

— Des poissons pleins d'arêtes ! Té, en plus y'avait ça pour toi dans la boîte aux lettres, ajouta-t-il sur le même ton d'un geste dépité de la main.

La glotte de Bertrand ne put s'empêcher un petit aller-retour. Une enveloppe blanche avec la mention « Pour le défroqué » en mots découpés et collés. Il allait la ramasser sur la toile cirée verte quand il se ravisa soudain.

— Tu as des gants chirurgicaux ici ? Ou des gants de ménage peut-être ? demanda-t-il à un Étienne aux yeux ronds d'étonnement.

— Des gants pour la vaisselle, je crois qu'il en reste sous l'évier. Attends, oui, une paire de jaunes encore emballés, ça te va ?

— Parfait, merci.

Mains équipées, il ouvrit doucement l'enveloppe avec une pointe de couteau puis déplia une feuille couverte de mots collés qu'il posa sur la toile cirée.

Si tu ne veux pas finir comme le vieux sous peu
Tu amènes ce que tu sais en haut du phare de Contis
Ce dimanche à onze heures
ET TU FAIS CE QU'ON TE DIT
Attention là-haut la vue est perçante
Laisse tes gendarmes à la maison sinon...

Bertrand venait de reprendre un bon coup sur la tête.

— Je veux rien savoir de plus, mais ça s'aggrave, non ? Je reste ? lui demanda Étienne, l'air inquiet et le front soucieux.

— Non. J'apprécie mais pars à Bayonne comme prévu. J'ai entendu à la radio qu'il y avait déjà deux gardés à vue depuis ce matin. Tout ça sera réglé avant ton retour, sûr. Et merci encore de me laisser ta maison demain, lui sourit-il.

— Tu ferais pareil, non ?

— Oui.

— Pardi, quand on aime bien on prend soin, sinon on vit comme un animal solitaire !

Bertrand hocha la tête.

— C'est bon d'entendre ça. Allez, je prends une douche puis j'appelle la capitaine. J'ai beaucoup à lui raconter. Tu aurais un sachet plastique avec un zip ?

— Un truc pour congeler ? Oui j'ai, répondit-il en replongeant sous l'évier.

Bertrand remit soigneusement la lettre dans son enveloppe puis le tout dans le sachet sous le regard dubitatif d'Étienne.

Il dut s'y prendre à trois fois avant que la capitaine Formentini ne lui réponde enfin.

— Bonjour détective, je suis très occupée. Seule fenêtre la pause de midi, enfin autour de ça, peut-être treize heures. Je vous rappelle à ce numéro et vous amenez deux sandwiches avec vous. À tout à l'heure.

Et elle raccrocha aussi sec.

Bon... va pour les sandwiches. C'est le grand rapprochement!, sourit Bertrand qui n'avait jamais déjeuné dans une gendarmerie.

Son ami s'en était allé au marché de Mimizan-Bourg qui se tenait tous les vendredis matin. Il sortit se poser à l'ombre du chêne dans le fauteuil relax fatigué, se poser et poser tout ça. La pensée que Sarah puisse être impliquée dans l'assassinat de la plage tournait en boucle dans sa tête. L'hypnose l'avait-elle transformée en criminelle ? Tout ça lui faisait mal. Sa pause tourna court. Il décida d'aller enfin jeter un œil sur la clé USB.

Il lisait encore correctement le latin mais il eut du mal avec la calligraphie. Quoi qu'il en soit, avec grande émotion, il déchiffra ce qu'il put de ce témoignage ressurgi d'un passé si lointain, l'an 839.

Le manuscrit racontant la relation entre Jana et Saemund avec de nombreux détails sur leur environnement représentait de fait une découverte historique majeure. Ce dernier l'avait intitulé *Histoire d'une femme celte*. Plus de place pour le doute. Bertrand en eut un frisson, pauvre petite Sarah.

Passionné d'Histoire depuis toujours, il découvrit là une situation bien différente de la version officielle des raids vikings sur la Gascogne. Implantation ancienne sur la côte landaise, construction de bateaux, basse politique coloniale, projet d'ouvrir par la force une route terrestre pour leur commerce des esclaves avec la péninsule Ibérique. Saemund évoquait dans ses écrits une stratégie bien plus élaborée que les pillages ponctuels relatés dans le peu de textes rassemblés jusqu'ici, une véritable expédition commerciale en fait.

Bertrand parcourut également le deuxième manuscrit beaucoup plus court dont le titre était *Du bon usage de la pierre de lune*. L'objet de cette convoitise deux fois meurtrière était là sous ses yeux. Saemund y décrivait en détail le travail de Jana qu'il qualifiait de soins miraculeux.

Presque midi. Il venait de remettre la clé USB dans sa poche quand le téléphone fixe retentit avec sa douceur habituelle.

— Allo.

— Oui, c'est bon pour douze heures quarante-cinq. À tout à l'heure.

Rien de plus ! Décidément, au téléphone, elle faisait bref.

Sur ce, la porte d'entrée s'ouvrit sur son ami et un grand cabas débordant de légumes et autres douceurs.

— On va se régaler à Bayonne, j'ai trouvé le fameux foie gras que j'espérais, lui lança-t-il joyeux en filant vers la cuisine.

— Tant mieux. J'allais partir pour la gendarmerie. À tout à l'heure.

— Bon courage, lui répondit un Étienne épanoui devant le réfrigérateur grand ouvert.

*

À la boulangerie, Bertrand avait dû faire simple vu le choix limité à cette heure. Il prit deux « jambon de pays » dont un avec cornichons. Ensuite, il fila par la route d'Escource. Descendre jusqu'en Galice allait être un vrai bonheur, mais on n'en était pas encore là.

Après sa petite boucle autour de Mimizan, il se gara satisfait devant la gendarmerie à douze heures quarante. Mais, presque inquiet pour la fraîcheur des sandwiches, il n'entra qu'à treize heures dix dans le petit bureau que la capitaine Formentini semblait ne jamais quitter.

Celle-ci travaillait sans relâche. Elle avait sa réputation à défendre et se fichait éperdument du vent qu'elle soulevait autour d'elle. Alors, elle ne s'en voulait pas beaucoup d'utiliser également le détective à des fins logistiques. Après sa nuit et sa matinée chargées, elle était crevée et affamée, point.

— Désolée, je ne maîtrise pas tout, lui dit-elle tandis qu'il s'asseyait. Alors qu'est-ce que vous nous amenez de bon ? Je suis morte de faim, besoin d'une pause.

Il tira les deux sandwiches de son sac à dos.

— Pas grand choix, jambon de pays avec ou sans cornichons.

— Avec, si je ne vous en prive pas.

— Pas de problème, tenez.

— Merci de m'inviter, lui sourit-elle.

Tandis qu'il déballait encore le sien, elle prenait une longueur d'avance.

— Bon appétit, lui dit-il en attaquant aussi.

Après deux belles bouchées silencieuses, elle s'étira un peu.

— Vous avez la clé ?

— Bien sûr.

De sa main gauche, il la sortit de la poche de son jean, l'air un poil fermé. Mordant à nouveau dans son sandwich, elle la prit et l'inséra dans le flanc de l'ordinateur. Au moins quatre longues minutes plus tard, elle la reposait toute chaude sur le bureau.

— Vous ne voulez pas qu'on regarde ensemble ? Je lis le latin, par force, lui sourit-il.

— Pas le temps. Je l'ai simplement copiée comme pièce à conviction. Mais vous, vous avez eu le temps, non ?

— Oui.

— Et ? demanda-t-elle en reprenant une bouchée.

— Un des manuscrits s'intitule *Du bon usage de la pierre de lune*. C'est celui que cherche le coupable. Pour le reste ce serait trop long, ajouta-t-il le visage vraiment fermé cette fois.

Elle le regarda en mastiquant tranquillement, semblant se détendre un peu avec la remontée de sa glycémie.

— Vous devez me trouver rude, non ?

— Un peu, oui, mais je n'ignore pas non plus la pression que vous avez sur les épaules.

— Exact, mais c'est néanmoins mon caractère de base. Une famille italienne avec trois frères plus grands que vous, ça oblige à survivre, lui sourit-elle en grand avant de tout refermer d'un coup. Je ne sais pas pourquoi je vous raconte ça, excusez-moi.

— Vous savez, on m'a souvent dit en Afrique que j'attirais les confidences, hors confessionnal je veux dire.

— Pas faux. On se sent tranquille sur le plan de l'humain avec vous, ça fait du bien. Croyez-en mon expérience, ajouta-t-elle en froissant sa serviette en papier. Bon, alors, rien à me raconter aujourd'hui ?

Bertrand ne demandait pas mieux. Lui aussi froissa sa serviette en terminant son sandwich.

— Justement si. Mais dites, j'ai appris qu'il y avait à présent deux gardés à vue.

Elle s'étira à nouveau dans son fauteuil puis souleva ses jambes pour les poser sur le coin du petit bureau.

— Oui, courte nuit encore. Mais allez-y, vous. Moi je suis en pause, je vous écoute.

Il lui fit alors un rapport circonstancié de sa matinée. Les confidences de madame Laporte sur sa fille, l'inévitable conclusion au sujet de ce docteur Vardel et la lettre anonyme reçue, posée sur le bureau dans son sac congélation à côté de la clé USB noire.

— En haut d'un phare ! Eh bien, on ne va pas chômer monsieur le détective ! plaisanta-t-elle à nouveau.

Il se racla la gorge.

— Et de votre côté alors ? osa-t-il tranquillement. Nous sommes un peu dans le même bateau à présent, non ?

— Ah ça, vous vous retrouvez même attaché au banc de nage. Figurez-vous que la première scène de crime sur la plage est bourrée d'ADN. Des amateurs, deux visiblement, un homme, une femme. Lui, on a retrouvé sa trace dans le fichier des délinquants sexuels, de vieilles histoires de jeunesse. Et elle, c'est sa compagne, votre Sarah. Rien pour le moment sur la deuxième scène ou dans votre chambre.

— Et les micros dans la véranda ?

— Elle est verrouillée la nuit. Du coup, l'assassin n'a peut-être pas pu les retirer. Pas d'empreintes, rien. On peut les capter de l'intérieur ou de l'extérieur de la maison sans souci. Aucun des fils n'est au courant, d'après leurs dépositions.

— Pour moi, le vieux Badie devait être sur écoute depuis longtemps. Quand il m'a donné la clé, changement de plan. Devenu inutile on le suicide. Pourquoi ? Sa disparition a quand même d'heureuses conséquences pour son fils cadet. Il accède à la direction pleine et entière du labo maintenant que la petite-fille pharmacienne est morte.

— Le con de fils, hein ? On enquête sur lui et son frère à Bordeaux, on va bien voir. À présent, il y aurait donc ce docteur Vardel, c'est ça ?

— Oui, ça ne sent pas bon du tout. Et l'hypnose qu'il pratique pourrait bien également expliquer cette curieuse pendaison, non ?

— C'est plausible en effet. Il exerçait à Bordeaux avant, avez-vous dit, on va le mettre sous microscope aussi.

— Ah, bien. Et vos deux gardés à vue, ils ont dit quelque chose ?

Elle secoua vigoureusement la tête.

— Non, ils sont aussi mutiques l'un que l'autre, du béton armé ! Leur avocate commise d'office durant leur garde à vue ici est totalement dépitée aussi.

— Et si j'essayais de parler à Sarah en présence de sa mère ?

La capitaine Formentini se rassit face au bureau.

— Et de l'avocate. Mais ça ne se fait pas en garde à vue, vous savez. Pff, et après tout, au point où nous en sommes, pourquoi pas ? murmura-t-elle. Puis il y a cette lettre et le rendez-vous de dimanche matin. Vous êtes l'appât, il va falloir s'organiser pour la pêche, plaisanta-t-elle à moitié.

Bertrand secoua ses boucles poivre et sel.

— Franchement hein, je vous l'avoue, je ne suis pas rassuré.

— Normal, c'est tout à fait compréhensible. Ne vous inquiétez pas. D'ici dimanche il peut encore s'en passer des choses, on a le temps. Bon, d'accord pour parler à Sarah, mais je suppose qu'à moto vous n'allez pas nous amener sa vieille mère. Je vais la faire chercher, disons pour quinze heures ici. Revenez, vous connaissez le chemin maintenant, détective.

— Dites, vous ne voulez pas m'appeler Bertrand plutôt ?

— Non, parce que vous ne pouvez pas m'appeler Marcia. Alors moi ce sera capitaine et vous détective. À tout à l'heure, merci pour les infos et le sandwich.

*

Quand la porte de la pièce s'ouvrit devant eux, Bertrand dut soutenir Francine avant de l'installer doucement sur la chaise. L'avocate était là. Sur le côté du bureau, un gendarme et son ordinateur se tenaient tous deux prêts à noter ce qui se dirait. Marcia demeurait en retrait dans l'embrasure de la porte.

Bertrand s'assit lui aussi face à Sarah prostrée et menottée dans son jogging vert. Cette vision avait littéralement fini d'effondrer sa vieille maman.

— Sarah, murmura-t-elle, c'est moi. Tu m'entends ?

Rien ne bougea sous les cheveux blonds ébouriffés. Puis lentement elle souleva la tête et son regard bleu un peu vide se posa sur Francine.

— C'était pas la peine de venir, maman, je suis punie ! Tu te fatigues pour rien. Et lui, il veut quoi encore ? se raidit-elle soudain en désignant Bertrand du menton.

— C'est grâce à lui que je peux te voir. Il ne veut que t'aider, comme moi. Tu n'es pas punie, c'est grave tu sais, se mit à sangloter Francine.

Sarah dodelinait de la tête comme une enfant perdue. Tout en caressant affectueusement le dos décharné de sa voisine, Bertrand se jeta à l'eau.

— Écoute-moi Sarah, s'il te plaît. Les gendarmes t'accusent du meurtre sur la plage avec ton ami Jo, mais moi je sais qu'on vous a forcés à faire ça. C'est pas vrai ?

Elle le regarda longuement de ses grands yeux indéchiffrables.

— J'y vais jamais moi sur la plage et Jo non plus.

— Mais si tu es ici aujourd'hui, c'est parce que les gendarmes ont des preuves. Vous avez laissé plein de traces partout, des empreintes si tu veux.

— Non. J'y vais pas, j'ai peur de l'océan.

Un peu las, il tenta le tout pour le tout.

— Tu crois que Jana est enfin vengée maintenant ?

Elle contempla un moment sa maman qui reniflait toujours. Puis le regard bleu s'égara quelques secondes vers le plafond avant de revenir sur lui, émaillé d'une pointe de défi.

— Je sais pas qui c'est, mais c'est un joli nom.

Et elle se tourna ostensiblement vers Francine.

— Maman, arrête de pleurer, laisse-les faire. C'est mieux comme ça, crois-moi. J'étais fatiguée, tellement fatiguée... Bon, faut que j'aille aux toilettes, ça presse ! lança-t-elle soudain en commençant à se lever alors qu'un second gendarme entrait aussitôt dans la pièce.

La capitaine était déçue. Dans le couloir, elle avait brièvement confié à Bertrand qu'elle allait transférer le couple à Bordeaux demain ou dimanche. De toute façon, leur garde à vue allait être prolongée.

En quittant les lieux après avoir salué une Francine en miettes, Bertrand se sentait vidé, rincé, au point de rentrer faire une sieste sans plus se poser aucune question.

*

Ce fut Étienne qui vint le réveiller vers dix-huit heures trente. Ce soir ils étaient invités au restaurant pour fêter son départ à Bayonne avec les copains d'ici. Il y avait un apéritif avant...

Bertrand repensa soudain à la maison de retraite, au roman de mamie Casenabe et aux photocopies. Foutu pour aujourd'hui, il irait demain. Là c'était reparti pour les agapes interminables.

CÔTE LANDAISE

Bien chargée, la Twingo venait de démarrer pour Bayonne et Bertrand se retrouvait seul en ce samedi matin brumeux.

Il allait déjà en profiter pour lever le pied sur alcool et nourriture. Il n'en revenait pas des quantités consommées en France. La veille au soir, l'au revoir à Étienne avait été la goutte de trop. Jusque-là, il n'avait pris qu'un café avant d'aider à son départ et subitement, il décida de jeûner jusqu'au lendemain. Comme au village, pour se purger.

Il se servit donc un grand verre d'eau et constata qu'il n'allait pas beaucoup mieux. La tension était bel et bien ancrée en lui. Qu'allait-il arriver demain au sommet de ce phare ? Difficile d'éviter l'inquiétude.

Allez, faire confiance à la capitaine, à Marcia donc, sourit-il intérieurement. Le téléphone fixe retentit juste à ce moment-là. Il prit cela comme un signe favorable.

— Allo ?

— Bonjour détective. Il faut qu'on se voie cet après-midi pour préparer l'opération de demain. Appelez-moi vers quatorze heures, je vous dirai. À tout à l'heure.

— D'accord, je…

Elle avait déjà raccroché. Il commençait à être habitué.

Bien, il avait donc du temps devant lui et une mamie à visiter. La perspective de partir avec sa Royale le mit en joie. Il ne tarda pas à démarrer pour une autre boucle par Sainte-Eulalie puis Pontenx-les-Forges avant de revenir vers la maison de retraite de Mimizan.

*

Il était tout juste onze heures quand il frappa à la porte de Jacky Casenabe, sans escorte cette fois. Tout le monde le prenait pour un éditeur depuis sa première visite sans doute largement commentée par l'écrivaine. C'était tapis rouge.

— Oui ? Entrez ! sursauta-t-elle, toujours installée dans son fauteuil face au gris de cette matinée. Ah, bonjour, je vous ai tellement attendu. Je ne me souvenais plus très bien de ce que nous avions convenu l'autre jour.

— Bonjour, lui répondit-il avec un grand sourire. On avait dit hier mais je me suis un peu retardé. Comment allez-vous ?

Habillée et pomponnée de frais, la demoiselle avait l'air en forme.

— Je vais bien. Ils vous attendent, j'ai fini, lui sourit-elle aussi en désignant les deux cahiers à spirales bleus soigneusement déposés sur le lit au carré.

— Parfait. Vous savez, ça me fait plaisir de vous donner un coup de main.

— Oui, oui, posez vos affaires et asseyez-vous, je vous en prie. Mais il faut trouver qui a tué sur la plage.

— Les gendarmes y travaillent dur, croyez-moi.

Elle se mit soudain à dodeliner de la tête en respirant plus vite.

— Justement, il y a une chose que je ne vous ai pas dite l'autre fois. Je n'ai pas voulu, je vous connaissais pas. Mais ça peut vous aider.

— Je vous écoute.

Elle se calma un peu. Il y eut un bref silence puis elle poursuivit en chuchotant presque. Bertrand dut tendre l'oreille.

— En 1997, au printemps, j'ai été cambriolée pendant que j'étais partie à Léon avec la voisine qui m'y avait conduite en voiture. On m'a cassé la porte et vous savez quoi, y manquait rien sauf l'essentiel. La photo du grand-père de Roland accrochée au mur dans sa chambre.

— L'essentiel ?

— Oui, un joli cadre avec la photo du chantier, l'équipe des maçons au pied du phare déjà haut. Le grand-père André, il est sur la gauche, costaud avec sa belle moustache.

Bertrand farfouillait allégrement dans sa tignasse.

— Pourquoi l'essentiel ? redemanda-t-il gentiment.

— Té, parce que ça dit où est la pierre de lune ! chuchota-t-elle carrément.

— La photo ?

— Oui, le phare, mais surtout ce que le grand-père a écrit derrière pour la descendance, au cas où. Et tout ça s'est mal passé, mon Dieu, que de misère !

Bertrand fronça les sourcils.

— Mais comment le voleur a pu savoir ?

— Dans ses carnets, le curé a raconté que la pierre serait cachée en hauteur, répondit-elle avec un clin d'œil appuyé. Le phare ! Et il parle aussi un peu de la photo ! En la lui montrant, le grand-père aurait dit que sa famille saurait quoi faire mieux que lui. Il était perdu après tout ce malheur, le pauvre…

— Oui, on peut comprendre. Vous savez ce qui est écrit derrière la photo ?

— Oh c'est facile. On le savait tous dans la famille, on n'était pas bien nombreux, lui sourit-elle. Y a eu des morts précoces même avant Roland, vous savez, eh oui…

Elle mit la main dans la poche de son gilet gris à boutons noirs et lui tendit un petit papier plié en deux.

— Je vous l'ai écrit pour pas l'oublier, parce que dès fois ça se mélange un peu sous mon vieux crâne. Il paraît que c'est normal mais c'est très agaçant, croyez-moi !

Il le prit, le déplia et lut.

Les pieds dans la lumière 106

Bertrand secoua la tête avec une moue.

— Vous ne voyez pas ? Ben y'a quelques fenêtres dans les escaliers du phare, il a enfoui le coffre au sol devant celle qui est à la cent sixième marche. C'est ça que ça dit mais il faut connaître le phare évidemment, rigola-t-elle soudain.

— D'accord, eh bien figurez-vous que je vais le visiter demain matin ! s'amusa-t-il. Donc, le coupable de tout ça, il ne lui manque vraiment plus que le mode d'emploi de la pierre, hein ?

— Eh oui, mais quand même, pas simple de la récupérer ! Le grand-père, on sait pas bien ce qu'il voulait faire après les deux décès. Lui non plus sans doute. Imaginez un peu d'aller creuser là-haut maintenant. Peut-être il avait bu, conclut-elle en secouant la tête, dubitative.

— En tout cas, merci de votre confiance. Ce que vous m'avez raconté est très précieux. Tout comme vos deux cahiers, là. Je vais m'en occuper et vous ramener les photocopies. Avec un tout grand plaisir, vraiment.

— Eh bé tenez, prévenez quand vous repassez. On déjeunera ensemble. Y'a un petit salon privé ici, lui lança-t-elle avec le clin d'œil d'une gamine qui va jouer un bon tour aux autres pensionnaires. Un déjeuner en tête à tête avec son éditeur !

Bertrand replia le petit papier avant de l'empocher et de se lever, imitant Jacky.

— Je vais descendre avec vous, ça sera bientôt l'heure du déjeuner, lui dit-elle.

Sur la route de la plage, le gris du ciel commença à baisser les armes face à un soleil soudain généreux. Bertrand avait chaud sous son casque où l'alléchant trio « plage-balade-baignade » commençait à poindre. Il avait tout le temps et ça ne lui ferait pas de mal.

Il commençait à vraiment apprécier la compagnie de cet océan qu'il connaissait peu en fait. En Afrique, il avait passé l'essentiel de son temps dans l'*hinterland*.

*

De retour chez Étienne juste à temps pour appeler Marcia à l'heure, il se sentait bien mais avait une faim de loup. Il dévora une grosse banane avec une affectueuse pensée pour les travailleurs des plantations. On n'imaginait pas ici ce que c'était que de faire sa journée sous une telle chaleur. Il avalait la dernière bouchée quand la capitaine décrocha enfin.

— Oui détective, briefing à dix-sept heures ou peut-être avant. Je vous appelle d'accord ?

Condamné à rester sur place, la case sieste s'ouvrit dans un coin de la tête de Bertrand, ce qui au fond ne lui déplaisait pas.

— D'accord, pas de problème.

— Merci, à tout à l'heure.

*

Elle n'appela pas. Arrivé à l'heure à la gendarmerie, Bertrand poireauta encore trente bonnes minutes avant introduction dans le petit bureau. Marcia finissait de taper sur son clavier. Elle leva vers lui ses yeux noisette de plus en plus cernés mais toujours vifs.

— Bonsoir détective, prêt pour demain matin ?

Bertrand secoua la tête avec une grimace.

— Difficile à dire.

— J'ai discuté longuement avec mes collègues de Mimizan et de Parentis. On va installer une souricière tout autour du phare de Contis avec un œil au-dessus. J'ai pu obtenir un drone. Quant à vous, on équipe votre moto d'une balise en ce moment même. Vous allez être suivi à la trace, sourit-elle.

— Ah bien, ce sera parfait de pouvoir observer ce qui va se passer là-haut. Vous sortez le grand jeu.

— Je fais mon travail, c'est tout. On se donne les moyens de suivre de loin et de réagir vite, ça vous rassure un peu ?

Bertrand acquiesça en souriant.

— Quand même oui, merci capitaine.

— Bien, vous n'avez donc plus qu'à faire ce qu'on vous dit une fois là-haut comme indiqué dans la lettre. Mais je crains une entourloupe de dernière minute. Je ne sens pas cet échange en hauteur. Surtout, soyez coopératif, ne prenez aucun risque. Compris, détective ?

— D'accord, ne vous inquiétez pas. Je tiens beaucoup à mon voyage en Galice.

— Par ailleurs, j'ai convoqué votre psychiatre suspect en fin de matinée pour lui demander de nous aider à tirer du silence ses deux patients.

— Vous l'avez vu alors ! Et ça a fonctionné ?

— Oh que non ! Ils sont restés totalement impassibles, comme s'ils ne le connaissaient pas ou plus. Lui prétend que s'ils sont passés à l'acte, ce ne peut être qu'après un gros choc. Peut-être une dispute entre eux virant à la folie meurtrière. Et ce choc serait toujours là, encore renforcé par leur arrestation. Il a passé une bonne demi-heure à tenter de communiquer. J'ai failli lui proposer de les hypnotiser, plaisanta-t-elle.

— Il ressemble à quoi alors, vous qui l'avez reniflé de près ?

— Je dirai à un ego boursouflé, très pro, un *look* de *playboy* estival à la cinquantaine. On sent l'homme à femmes, le vieux beau à la chevelure impeccable. D'ailleurs les collègues à Bordeaux confirment. C'est un libertin assez connu, membre assidu d'un club très huppé. Il était chirurgien au départ, mais en 2003 il a raté une opération après une série d'erreurs incroyables. La patiente est morte. Soigné pour alcoolisme et dépression, il est devenu psychiatre en 2010. Mais là encore, fin 2016, il est sanctionné par ses pairs pour sa pratique de soins disons novateurs. Il traitait ses patients avec des séances d'hypnose sous LSD.

Bertrand en sursauta sur la chaise plastique.

— C'est ça, oui ! C'est ainsi qu'il a transformé en assassins Sarah et son copain !

— Quoi qu'il en soit, je suis restée très neutre. On continue à creuser au club libertin avec l'appui de la police spécialisée.

— Et sur les fils Badie, vous avez trouvé quelque chose ?

— L'aîné est toubib, vie rangée, femme avocate, les deux effondrés par la mort de leur fille. Quant au cadet, rien de transcendant non plus d'après mon collègue. Il a échoué en médecine et en pharmacie, puis il est devenu délégué médical et finalement directeur commercial du labo dirigé par le père. Il est marié, une épouse très effacée sans activité professionnelle connue. Ils ont eu une fille unique décédée à l'âge de six ans. Lui aime le luxe tape à l'œil. Voilà. Mais je n'ai croisé aucun des deux.

— Directeur commercial sous papa à son âge, frère médecin, équation à risque non ? Surtout avec sa nièce devenue pharmacienne et apparemment choisie par le vieux Fernand pour prendre la direction du labo.

— Une preuve quelconque de son implication ?

Bertrand grogna un peu.

— Non, on est d'accord, lui sourit-elle.

— OK. Cela dit, j'ai une autre info pour vous. Je sais où est cachée la fameuse pierre.

Il lui raconta alors sa visite à la maison de retraite et cette photo du phare annotée au verso aujourd'hui en possession du coupable.

En quittant la gendarmerie, Bertrand alla faire quelques courses alimentaires, des choses simples et beaucoup de fruits. Sa soirée fut donc frugale et solitaire. Il s'offrit simplement une petite balade à moto et un coucher de soleil avant d'aller au lit et d'attaquer la lecture du premier cahier de Jacky Casenabe.

Côte landaise

Après avoir piqué du nez sur les écrits de la vieille dame, il n'avait pas trop mal dormi et se souvenait vaguement d'un long rêve peuplé de Vikings. Jacky avait écrit un vrai roman à l'eau de rose, transformant allégrement Jana et Saemund en amants au terrible destin. Seul le contexte historique décrit présentait un intérêt certain.

Ce dimanche matin, le ciel était déjà tout bleu. Mais Bertrand se tendait au fur et à mesure que la matinée avançait. Il se gorgea de fruits en guise de petit-déjeuner, prit une longue douche et se prépara au départ pour Contis. Quarante minutes de route en roulant tranquillement, ce qui était bien son intention.

Il but un café avant de sortir, casque et blouson en main, et le regretta presque immédiatement. Cela ne fit que renforcer la perception désagréable de sa tension interne, cœur rapide et souffle court. Alors il se força à respirer plus amplement en allant ouvrir le portail, sans prêter aucune attention à l'homme en bleu de travail qui passait à mobylette dans la rue.

Puis il rallia le garage. Face à sa Royale, la conversation de la veille avec le gendarme motard lui revint. La balise était posée au même endroit discret du cadre que la clé USB dans sa boîte. Ce matin, cette dernière était dans sa poche, prête à changer de main.

Lui était inquiet et s'interrogeait. Là-haut, il verrait fatalement celui qui allait la récupérer. Et ensuite, qu'allait-il advenir de lui ? La mort ? Poussé dans le vide ? Mais pas là-haut avec les touristes…

Bon, il fallait qu'il parvienne à arrêter cette boucle de peur. Ne plus penser, ne plus anticiper. Il avait fait le tour de tous les possibles imaginables, basta !

Mais ça ne s'arrangea pas quand on lui tapa sur l'épaule par-derrière.

Il se retourna en sursautant pour faire face à un long couteau pointé sur son tee-shirt. Au bout du manche, un homme de grande taille, en bleu de travail et coiffé d'un casque intégral gris à la visière relevée. Celui-ci lui intima le silence d'un geste.

Deux yeux noirs étranges plongèrent alors dans les siens durant plusieurs secondes, avant qu'une voix un peu éraillée ne se mette à lui parler. L'index dressé de la main qui ne tenait pas le couteau faisait des allers-retours devant son visage. La voix continuait, forte, stable, rassurante, apaisante…

À la sortie du village de Bias, en gros à mi-chemin entre Mimizan et Contis, était garée la fourgonnette banalisée faisant office de PC mobile. À l'intérieur, l'impatience commençait à monter. Sur l'écran face aux deux gendarmes, la balise était toujours immobile à Mimizan-Plage. Le papy mettait vraiment du temps à démarrer.

— Peut-être qu'il fait chauffer la moto, rigola le plus jeune des deux.

— Mouais, je vais quand même prévenir le chef, on ne sait jamais.

— Laisse, laisse, c'est bon, ça y est, regarde, il bouge enfin.

— Oui, et vite, dis donc !

Une joie de gosse propulsait Bertrand à plus de cent kilomètres-heure vers Contis. Heureusement, peu de circulation en ce dimanche matin. Mais il doubla sans vergogne plusieurs véhicules, sans se préoccuper le moins du monde du Code de la route ou des limitations de vitesse. Il avait tellement hâte de s'envoler !

Après plusieurs interminables lignes droites, il longea une étrange et immense assemblée de caravanes désertes avant de tomber sur un panneau indiquant à droite Contis-Plage. Il décéléra et tomba une vitesse quand il en vit un autre signalant le phare en lettres énormes. Le ciel l'attendait, c'était clair !

Une fois sur la petite route vers l'océan, il accéléra de nouveau et se fit plaisir dans quelques virages. Mais une curieuse perception visuelle s'imposa peu à peu. La route bougeait doucement, il fallait qu'il se concentre. Sa vision se ratatina sur l'ouverture du casque comme sur un écran de cinéma. Un cadre noir et le film de la route mouvante au centre.

Il traversa le lieu-dit de la Lette un peu moins vite. Peu à peu, il se voyait rouler sur le dos d'un anaconda allant lui aussi prendre son envol céleste. Du coup, la moto décèlera franchement et finit de se rapprocher de Contis sous les coups de klaxon, les invectives et les dépassements plus ou moins sauvages.

Mais Bertrand ne se souciait pas de ces imperceptibles bruits de mouches à ses oreilles casquées. Lui savait que ce magnifique animal le menait droit là où il fallait.

Une fois dans la zone à trente kilomètres-heure précédant l'arrivée proprement dite dans le village, les choses s'apaisèrent enfin autour de lui. Il dépassa le panneau indiquant Contis, monta une petite côte et suivit la reptation de l'anaconda vers la droite. Plus loin, la moto s'engagea un peu au hasard sur un chemin qui montait à nouveau à droite.

Sa vision était toujours rétrécie quand il stoppa au bout des parkings sous les pins, après avoir circulé totalement à contresens jusque-là. Sur son étrange écran, plus d'anaconda, mais un sol grouillant d'insectes filiformes et tout autour de lui, de magnifiques colonnes aux écailles rougeâtres.

Il coupa le contact, déplia la béquille latérale et descendit de sa machine. Tant pis pour les insectes, il fit quelques pas, cherchant sur son écran en remuant sa tête en tous sens.

Enfin, il avisa un groupe de grandes fourmis qui disparaissaient là-bas plus haut. Il distingua aussi une haute clôture entourant des bâtiments. Puis soudain, un tronçon de sucre d'orge noir et blanc occupa totalement l'image.

Bertrand essaya de renverser sa tête en arrière mais ça butait bizarrement. Alors il s'allongea au sol et découvrit enfin son but. Le phare qui montait haut avec ses rubans noirs enroulés tout autour. Il se releva et pressa le pas. Il fallait suivre les grandes fourmis, surtout ne pas les perdre. Elles regagnaient sans doute leur nid.

Mais en approchant, il fut rassuré. Il y en avait d'autres qui convergeaient toutes vers une baraque de foire en bois ouverte sur un côté. La vision étriquée de Bertrand zooma sur celle-ci. Il attendit derrière les fourmis avançant très lentement, puis il finit par se retrouver face à deux humains hilares derrière leur comptoir.

La jeune fille brune avec des *locks* n'arrêtait pas de désigner le sommet de sa tête avec son doigt. Alors Bertrand fit de même et réalisa enfin qu'il portait toujours son casque. Quand il l'ôta, sa vision s'élargit à lui en faire mal aux yeux. Le phare lui apparut alors dans toute sa majesté, dressé sans fin vers le ciel.

— C'est trois euros pour monter, monsieur, lui dit le jeune homme au crâne rasé avec une boucle d'oreille.

Bertrand sourit en lui tendant le casque.

— D'accord, on vous le garde sans problème.

— Parfait, je vous paye rubis sur l'ongle, mon petit, je veux monter, lui dit-il en sortant un billet de cinq euros plié de la poche de son jean.

Pendant la courte transaction, Bertrand fut pris de panique. Hormis quelques billets et les clés, les poches de son jean étaient vides. Quelque chose manquait, il le savait, mais quoi ? Après son vol, sûr qu'il s'en souviendrait. Mais là, il était en mission !

— Votre monnaie, monsieur, l'interpella la jeune fille souriante alors qu'il n'avait pris que le petit ticket bleu.

— Pour vous, lui répondit-il, pressé de suivre les grandes fourmis vers ce trou à la base du phare.

Dans la fourgonnette maintenant garée devant la petite gendarmerie assez proche du phare, les images transmises par le drone défilaient depuis un bon moment. C'était un peu la stupéfaction à bord depuis l'équipée de Bertrand sur la route et son arrivée par la sortie de ce parking. Enfin, à présent, il venait d'acheter son billet et de disparaître dans le phare.

Postée en civil avec trois hommes au milieu des pins alentour, la capitaine Formentini avait été tenue au courant des péripéties de son détective par radio.

Quand Bertrand pénétra dans l'énorme cylindre, il se rendit compte qu'il tournait. Un mouvement hélicoïdal avec des pales métalliques qui allait sûrement l'amener tout là-haut. Il avisa au sol une roue aux rayons multicolores. Elle aussi tournait. Il suffisait sans doute de se placer dessus, bien au centre pour être aspiré.

Il resta planté là deux longues minutes, mais rien ne se passa. Puis il observa que les grandes fourmis montaient et descendaient en marchant sur les pales en métal. Il prit alors l'escalier pour commencer son ascension. Mais il ne comprenait toujours pas pourquoi ce mouvement hélicoïdal permanent ne le portait pas jusqu'au sommet.

Après plusieurs dizaines de marches, il vit descendre vers lui deux grandes fourmis et une plus petite. Comment faire pour les croiser ? Soudain il repéra un espace un peu plus haut, une sorte de niche. Il fonça et s'y engouffra épuisé.

Il se retrouvait face à une haute fenêtre ouvrant sur la forêt. Il en sursauta. Les pieds dans la lumière, chantonnait-il en tapant joyeusement des pieds sur la dalle rouge. Mais sa mission reprit rapidement le contrôle de la situation. Il se retourna et passa la tête à l'angle du mur pour voir si l'escalier était dégagé. Il était si près du but.

La même scène se répéta plus haut. Tourné vers la haute fenêtre pour se faire oublier dans sa niche, il dut laisser descendre un groupe entier. Et il n'en revenait pas. L'océan avait changé de couleur, il était vert ! Il fallait qu'il voie ça de là-haut et vite !

Il y eut une accalmie dans les escaliers. Il progressa pour enfin se faufiler dans les dernières marches plus raides et plus étroites. Une fois arrivé, il souffla un peu et en prit plein les yeux. Il était sous une cloche transparente tout à côté d'une grosse ampoule qui diffractait la lumière solaire en un magnifique arc-en-ciel tourbillonnant.

Une rafale de vent venue d'une ouverture étroite lui balaya le visage. Il se baissa et la traversa avant de se déplier à l'air libre. Autour de l'ampoule aveuglante sous sa cloche courait un petit chemin. En faisant un tour complet, il comprit et fut rassuré. Il y avait bien un océan bleu mais aussi un vert de l'autre côté, et au-dessus l'azur. Il y était. Il ne lui restait plus qu'à grimper sur ce petit mur bossu par endroits et à déployer ses ailes.

Radio en main, Sandra avait aisément repéré le papy motard en blouson tout ébouriffé décrit par sa collègue de la billetterie. Au sommet, il n'y avait plus maintenant que lui et un couple de Néerlandais avec leur petit garçon.

Quand elle le vit commencer à monter sur le parapet, elle hurla.

Le jeune papa blond réagit alors au quart de tour en se précipitant pour le ceinturer et le ramener au sol avec vigueur. Les deux hommes chutèrent lourdement. La tête de Bertrand cogna fort et il perdit connaissance.

*

La capitaine Formentini regardait s'éloigner l'ambulance des pompiers amenant son détective à l'hôpital de Mont-de-Marsan. Elle s'en voulait. Elle s'était vraiment fait avoir en beauté.

Voilà pourquoi il avait traîné à démarrer. Il avait été drogué et peut-être même hypnotisé avant de partir de chez lui. Elle en était certaine. Le personnel du phare lui avait confirmé qu'il n'avait pas l'air dans son état normal. De toute façon, on ne tarderait pas à savoir pour la drogue après les analyses toxicologiques à l'hôpital.

Quand les pompiers étaient arrivés, Bertrand était toujours inconscient et Marcia avait la rage. Elle avait hésité à poster quelqu'un devant chez lui ce matin tôt, mais les effectifs étaient maigres et les tâches multiples.

En attendant les secours, elle avait fouillé toutes les poches de son détective. La clé USB avait bel et bien disparu. Le poisson était ferré mais on avait vraiment échappé au pire.

Avant de quitter Contis, elle demanda par radio qu'une patrouille se rende à la villa du docteur Vardel à Aureilhan pour une surveillance discrète. Il fallait aussi s'occuper de son portable et la tenir au courant. Sans oublier de passer interroger le voisinage de la maison occupée par le témoin à la plage.

EXTRAITS DU JOURNAL DE BORD DE L'OPÉRATION MEMORY

C'est fait ! J'ai rejoint mon repaire avec mon butin. Une nouvelle étape brillamment réussie au nez et à la barbe des gendarmes.

Mais la rage et la haine m'habitent avec une douloureuse intensité. Le défroqué m'a refilé une clé cryptée. Impossible de l'ouvrir, rien à faire !

Et il n'est pas mort. Il n'a pas sauté !

En téléphonant et en rusant beaucoup, j'ai réussi à savoir qu'il est hospitalisé à Mont-de-Marsan, bel et bien vivant avec un traumatisme crânien.

Tant mieux après tout, la partie va devoir et pouvoir continuer.

Je dois à tout prix venger cette gifle à mon intelligence et à ma détermination.

Ce sera lui contre les manuscrits et l'autre con va venir m'aider !

C'est la seule chose à faire et ça va me faire du bien, beaucoup de bien.

Je n'aime pas les affronts. C'est le passé. Désormais je mérite mieux !

Après m'en avoir fait subir tant, le paternel a dû vouloir se racheter en me parlant avant de mourir. Donner sans doute une dernière chance à son raté de fils. Mais il s'est lourdement trompé. Il ne s'agira pas de chance mais de gloire !

Pleutre qu'il fut !

Voler les carnets du curé puis bien plus tard la photo, menacer le coupable du lac chaque année pendant des décennies pour venger un peu ce pauvre homme, puis finalement ne rien faire et tout arrêter. Le grand chirurgien renommé et encensé par ses pairs ne pouvait aller au bout et faire le saut vers cet inconnu extraordinaire.

Moi je suis léger, je peux sauter. Je n'ai plus rien à perdre ou à défendre. J'ai eu la force de dépasser la frontière et j'ose accomplir mon destin !

Côte landaise

Après avoir briefé sa hiérarchie bordelaise, la capitaine venait de raccrocher avec le juge d'instruction.

Sarah et Jo avaient été transférés à Bordeaux la veille en fin d'après-midi. En ce lundi matin, deux psychiatres allaient venir en renfort pour de nouveau tenter de les tirer de leur prostration.

Le magistrat avait néanmoins tiqué sur le raté de la veille au départ de Bertrand pour le phare. Elle était alors restée très calme en défendant son arbitrage des maigres ressources humaines disponibles. Lui souligna alors qu'il trouvait la mobilisation informelle de ce témoin excessive et à présent dangereuse. Il ajouta même qu'il ne voudrait pas avoir à évoquer cela avec ses supérieurs. Mais cette dernière connaissait la musique. Si le résultat était au bout, l'absolution serait de mise.

Il lui donna d'ailleurs carte blanche pour débrouiller tout ça, pourvu que ce soit rapide. Marcia sentait combien ce cartésien glacial était dépassé par cette curieuse affaire. En tout cas, il avait validé le plus important, la surveillance rapprochée de Bertrand.

Elle savait par le gendarme posté devant sa chambre à l'hôpital que ce dernier avait enfin repris connaissance, tard la veille au soir. Il lui tardait d'avoir de ses nouvelles en direct et surtout de s'excuser. De son côté, elle avait pas mal de choses à lui dire.

À presque onze heures, elle se jeta à l'eau en sirotant un café dans son petit bureau, fenêtre ouverte sur la cour de la gendarmerie de Mimizan.

— Allo…

— Détective ? Comment ça va ?

— Ah, capitaine, mieux ce matin, merci. Mais c'est comme si j'émergeais d'un véritable trou noir, aucun souvenir de rien. Pourtant il paraît que j'ai failli me jeter du haut du phare…

— En effet, et votre trajet à moto jusqu'à Contis-Plage a été un peu chaotique aussi. Tout s'est passé chez vous au départ. On a trouvé des traces de LSD dans votre sang. Vous avez peut-être été également hypnotisé, c'est possible.

— Mais qu'est-ce que j'ai fait ? Vous avez tout vu avec votre drone, non ?

— Oui…

Elle lui raconta alors les péripéties observées puis les témoignages du personnel et de l'homme qui l'avait sauvé de justesse.

— D'ailleurs, je vous fais mes plus plates excuses, conclut-elle. J'aurais dû anticiper cette éventualité aussi, mais j'ai tellement peu de monde à disposition.

— Laissez ça, vous en avez fait assez. La seule chose dont je me souvienne clairement, c'est d'avoir eu très peur quand on m'a tapé sur l'épaule au garage. Après, rien, rien du tout jusqu'à mon réveil hier soir. C'est incroyable quand même ! Et la clé USB a disparu. J'ai encore fouillé mes affaires tout à l'heure au cas où, je ne l'ai plus !

Bon, puisqu'il lui tendait la perche, elle la saisit.

— Tant mieux.

— Comment ça « tant mieux » ?

— Durant notre déjeuner l'autre jour, j'ai transféré son contenu dans mon dossier et je l'ai cryptée avant de vous la rendre. Un jeu à double détente. Soit on l'arrêtait hier, soit on le perdait. Maintenant, il est obligé de remontrer le bout de son nez.

— Risqué quand même, non ? Il ne peut que s'en prendre de nouveau à moi ! Vous qui tenez la canne à pêche désormais, qu'est-ce que vous en pensez ?

Il y eut un long silence. Bertrand venait de toucher le défaut de la cuirasse.

Le prix qu'elle faisait payer aux autres pour continuer de tenir la dragée haute à sa famille par sa carrière exemplaire et sa dureté dans un milieu masculin bien campé. Femme dans la gendarmerie, elle s'était recréé un univers semblable à celui de son enfance parmi ses frères.

Bien sûr qu'elle ne se sentait pas fière du coup de la clé USB cryptée transformant cet homme en appât pour une enquête bouclée de plus. Il lui manquait des « cases humaines » comme lui avait dit Patrick, un amant qui dura mais quitta.

Alors elle faisait comme elle pouvait. Avec Bertrand c'était compliqué, elle l'aimait bien. Elle sentait qu'à lui elle aurait pu raconter sa souffrance intérieure comme à une copine proche, ce qu'elle n'avait jamais eu. Mais là, le mal était fait. Il fallait surtout le rassurer, le remonter. Le reste, elle le garda enfoui, comme d'habitude.

— Je vous avais un peu prévenu quand même, lui répondit-elle enfin, se retrouver mêlé à une enquête criminelle, c'est risqué. Mais vous aurez désormais une protection rapprochée. Vous avez vu le gendarme à votre porte ?

— Oui, il est venu se présenter. Il est tout frais celui-là ! plaisanta-t-il gentiment.

— On les change, ça tourne, vous verrez.

— D'accord. De toute façon, maintenant, je ne peux plus reculer.

— Mais j'ai une autre info pour vous. Nous progressons vous savez. Votre docteur Vardel est effectivement le principal suspect. C'était son père qui avait soigné Roland Casenabe en 1970. Il était interne à l'hôpital de Mont-de-Marsan.

— Bingo ! s'exclama joyeusement Bertrand. Les archives de l'hôpital ont parlé ?

— Non, avant 2000 plus rien à l'hôpital. Mais on a réussi à exhumer les procès-verbaux de l'enquête de gendarmerie de l'époque. Un véritable *cold case*. J'ai rarement vu autant de négligence dans une procédure. Tout cela reste entre nous, bien sûr.

— Bien joué !

— Visiblement, ce Vardel n'est plus chez lui et son portable est coupé. Nous allons lancer un avis de recherche dans l'heure. Vous, il faut vous reposer. D'accord ?

— Que ça à faire. Il paraît que si tout va bien, je sortirai demain après-midi.

— Parfait, je vous ferai raccompagner à Mimizan-Plage.

— Avec plaisir. Et ma moto ?

— Ne vous inquiétez pas. Elle est dans votre garage, blouson et casque aussi. À demain alors.

— Oui, il me tarde, c'est déjà long ici, vous savez.

— Je me doute. Allez, courage !

Cette conversation la laissa bien pensive dans son bureau exigu. Au point de se lancer un défi à elle-même. Quand le foldingue serait hors d'état de nuire, elle irait ouvrir ses grosses valises chez Bertrand. À bientôt quarante ans, il était plus que temps.

*

La suite de la journée de Marcia fit bien vite disparaître les effluves intimes de sa conversation avec le détective.

En début d'après-midi, elle reçut un appel de la BRP[14] de Bordeaux qui collaborait à l'enquête. Un dénommé Marcet, un ancien à la voix grave et au bel accent du Sud.

— Quand je l'ai interrogée la première fois au club fréquenté par Vardel, cette hôtesse m'a semblé bizarre,

14 Brigade de Répression du Proxénétisme (ancienne Brigade des Mœurs)

comme si elle voulait en dire plus sans oser. Et figurez-vous qu'elle m'a rappelé. Je vais l'entendre au bureau tout à l'heure. Tenez-vous bien, elle connaît Vardel mais aussi Badie, et les deux hommes se connaissent très bien aussi.

— Ah, ça c'est très intéressant ! Vous la voyez à quelle heure ?

— Seize heures trente. Je n'ai rien pu savoir de plus au téléphone mais ça a l'air important. Je vous rappelle dès que j'ai bouclé sa déposition et je vous l'envoie dans la foulée.

— Plus que parfait, un grand merci.

Voilà qui changeait la donne. Oncle de la première victime et fils de la deuxième, Robert Badie était peut-être bien lui aussi de la partie. Marcia apprécia au passage le flair de son détective. La prise en main du labo après avoir fait le ménage devenait un mobile plausible. Un duo de complices, un pour le labo, l'autre pour les manuscrits ?

En tout cas, Badie pourrait bien les mener à Vardel qui avait bel et bien disparu de la circulation jusqu'ici. Elle allait poster un élément en civil près de chez lui en attendant que Marcet rappelle.

Mais elle n'eut pas le loisir de donner ses ordres. L'adjudant Lassalle entrouvrit doucement sa porte pour l'informer que Robert Badie venait d'appeler. Il avait reçu une nouvelle lettre anonyme, et il n'y avait pas touché, ajouta l'adjudant en souriant.

— Rappelez et dites-lui que j'arrive immédiatement, lui lança Marcia en se levant d'un bond, ravie de cette occasion de faire connaissance avec le personnage.

*

Un grand ménage était en cours dans la villa et la capitaine Formentini rencontra Robert Badie dans la véranda au toit gratouillé par une longue branche de pin. L'adjudant Lassalle attendait devant, avec vue sur la plage du courant bien ventée ce jour-là.

Après les présentations, le fils alla directement s'asseoir dans le fauteuil de son père. Marcia s'installa sur le petit canapé précédemment fréquenté par Bertrand, en observant le personnage dans sa tenue décontractée de vacancier chic bleu marine et blanc, jusqu'aux baskets.

Pas très grand, la cinquantaine rondouillette, des cheveux ras en harmonie avec une belle calvitie, des yeux bleus sur un visage quelconque. Un libertin peut-être, mais très différent de Vardel le vieux beau. Avec l'air fermé qui sied au deuil, il se pencha vers la petite table en osier. Une enveloppe dépassait d'un mouchoir blanc qu'il déplia.

— Voilà, je l'ai trouvée dans la boîte à lettres tout à l'heure. On dirait que ça continue.

— Oui, mais là elle est pour moi, lui répondit-elle après avoir jeté un coup d'œil sur les deux mots collés sur l'enveloppe. « Aux gendarmes ».

— En effet, bredouilla-t-il simplement. Je ne comprends pas pourquoi elle a été déposée dans notre boîte, ajouta-t-il d'un air très détaché.

Soit il cachait bien son jeu, soit c'était vraiment un mou, soit un peu des deux, se disait-elle en retirant de sa poche une paire de gants chirurgicaux et un petit canif rouge.

— Vous me semblez très affecté, monsieur Badie.

— D'horribles vacances, voilà ce que nous vivons cette année, soupira-t-il.

— Certes, je peux comprendre, répondit-elle décidée à rester la plus neutre possible pour le moment. Bien, voyons ce courrier alors.

Elle attrapa l'enveloppe et entreprit de l'ouvrir, tout en notant au passage l'odeur de colle fraîche qui s'en dégageait.

Je détiens désormais le défroqué.

Je vous le laisse vivant contre mon dû.

Demain matin à une heure précise envoyez un mail avec en pièce jointe le contenu de la clé USB à l'adresse : memory@gmail.com

Si cette fois vous ne trichez pas, je vous réponds avec les coordonnées du défroqué.

Surtout soyez bien à l'heure sinon...

Marcia retourna la feuille face à Robert qui s'agita à peine en lisant et conserva son air contrit.

— Le défroqué en question, c'est l'ancien confesseur de mon père, celui qui est venu le voir ici ?

— Exact oui, un homme de bien. Je vous laisse, monsieur Badie, mais ne quittez pas Mimizan ces jours-ci. Nous aurons peut-être encore besoin de vous.

— Mais… je devais rejoindre mon épouse à Bordeaux. Et puis il y a les obsèques, se lamenta-t-il.

— J'ai dit ces jours-ci. Les choses se précipitent, vous le voyez bien. Je compte sur vous donc, conclut-elle en se levant, rassurée de laisser une sentinelle près de la maison. Elle ne sentait pas du tout le personnage.

Extraits du journal de bord de l'opération Memory

Ils me cherchent, ils me connaissent, mon nom et mon visage s'étalent partout !

Je suis la proie malfaisante, une reconnaissance de mes talents sans doute.

Ils ont remonté le fil de l'histoire du paternel grâce au défroqué qui s'est invité dans mon opération.

Ce grain de sable me dérange profondément. Je suis très en colère.

Mais je vais la mettre au service de mes actions à venir, la refroidir, la polir, la faire briller durant la phase finale de l'opération Memory !

Puis je vais partir, disparaître loin avec mon manuscrit, rallier ce monastère dans les Pyrénées espagnoles...

Ma nouvelle vie publique devra certes encore patienter, mais ma pierre m'attendra aussi. Je ne suis pas si vieux.

Ce sont mes derniers mots avant que je ne répare l'affront. Tout est bouclé à présent jusqu'à l'apothéose finale.

Je dois avouer que je me sens bien vif, il y a de l'animal là-dedans.

Tant mieux ! Je dois frapper fort à ce stade de la notoriété.

Hôpital de Mont-de-Marsan

Il était à peine quatorze heures. Le temps s'étirait et Bertrand s'ennuyait ferme.

De plus, hormis la douleur lancinante de la magnifique bosse derrière sa tête, il se sentait bien mieux. Attendre ainsi entre deux examens médicaux jusqu'au lendemain allait être interminable.

Après l'appel de la capitaine, il avait passé le reste de la matinée à essayer de retrouver des bribes de souvenirs de celle d'hier. Incroyable, un mur, mémoire effacée, inatteignable. Il n'avait jamais connu ça. Mais il n'avait jamais pris de LSD et n'avait jamais été hypnotisé non plus.

De fait, il avait raison depuis le début. Le psychiatre était donc le fils de ce docteur qui à l'époque avait tout pillé chez Jacky Casenabe après avoir soigné son frère !

Suite à sa propre expérience de la veille, Bertrand était convaincu que la manipulation de Sarah et Jo sur la plage était tout à fait à la portée de ce malade bon à enfermer. Mais l'enquête progresse vite à présent, avis de recherche lancé…

Drôle de voyage vers la Galice quand même, sourit amusé le gosse en lui qui savait que l'essentiel était de cheminer, pas de rallier fatalement son but. En fait, Bertrand avait confiance. Après le brassage culturel de sa vie, il ne savait plus trop en quoi d'ailleurs.

Un ressenti puissant qui était monté en lui jusqu'à le pousser à quitter l'Église. Une expérience africaine, païenne, quelque chose au-delà de la foi que le bon Dieu ne suffisait plus à contenir. Il se sentait faire partie de l'univers et avait grande confiance en sa nature humaine. Cela réchauffait ses vieux os et emplissait son cœur pour qu'il puisse à son tour réchauffer les autres.

D'ailleurs, il s'était beaucoup interrogé sur le cas de Marcia. Cette femme l'intriguait et le touchait. Drôle de personnage, pas d'alliance, seule sans doute à son âge. Si elle venait à quitter son travail, son échafaudage personnel patiemment construit s'effondrerait sûrement comme un château de cartes ! Sous l'uniforme bleu et les trois galons de capitaine, il y avait beaucoup de blessures et autant de remparts.

Depuis le temps qu'il côtoyait l'intimité humaine, il avait l'habitude. Laissant là ses pensées, à part une tentative de sieste, il ne voyait pas grand-chose à faire d'autre.

*

Autour de quinze heures, le docteur Vardel avait enfin réussi à garer son vieux 4x4 Toyota dans une rue adjacente à l'hôpital de Mont-de-Marsan. Pas question d'y entrer en voiture, en ressortir prendrait trop de temps.

Méconnaissable, il pénétra dans le hall principal, un badge d'accès du secteur psychiatrique accroché à sa blouse blanche, vestige de l'époque où il visitait des patients hospitalisés. Une mallette à la main, perruque noire, lunettes et fausse moustache à la Jean Ferrat, il fila rapidement en direction des urgences et des services adjacents avec cet air sérieux qui sied à la profession.

Et son périple à travers les longs couloirs commença. Trouver la chambre du défroqué avec son garde en faction devant, impossible de faire autrement. Rez-de-chaussée, premier étage, puis à un carrefour il tomba sur ce qu'il cherchait, au bout de ce couloir ocre et blanc.

En approchant du même pas autoritaire, il repéra à gauche un local technique à la porte entrouverte. Des bacs de linge, parfait. Puis il passa devant le jeune gendarme à l'air un peu absent. Il le salua brièvement de toute sa hauteur sérieuse et le cynisme de la grande loterie de la vie lui sauta aux yeux. Pourquoi lui, si jeune ?

Mauvais endroit, mauvais moment, certes, y compris pour s'encombrer de ce genre de questionnement ! L'opération *Memory* entrait dans sa phase finale.

Le couloir amorçait un virage à droite et juste après, il avisa un autre local technique. Fauteuils roulants, matériel médical et un bon stock de bobines de papier. Personne en approche. Il y entra, posa sa mallette au sol, l'ouvrit et en sortit une fusée de détresse à main.

Puis, une fois prêt à ressortir très rapidement, il la dégoupilla et la jeta sur les bobines de papier.

En revenant sur ses pas dans le couloir, il repassa, l'air inquiet, devant la chambre du défroqué tandis qu'une épaisse fumée rouge commençait à se répandre derrière lui. Des cris fusèrent, puis la sonnerie incendie stridente et obsédante se déclencha. Le gendarme s'était retourné du côté des événements. Il en profita et récidiva dans le second local technique. La panique s'empara à toute allure des couloirs maintenant envahis de blouses blanches, de visiteurs et de patients.

Désormais, plus d'obstacle à son opération ! Une colère sourde l'habitait, tous ses muscles étaient bandés. Le garde venait de se précipiter dans la chambre, pressant Bertrand de s'habiller pour évacuer. C'est alors que Vardel passa la porte et le bras droit le long du corps, il se dirigea droit sur lui.

Ce dernier ouvrait la bouche pour l'apostropher quand la lame s'enfonça droit dans son cœur sans aucun effort de l'ex-chirurgien. Une expression de terreur silencieuse sur son visage poupin, il s'effondra lentement contre le lit de Bertrand et roula au sol en laissant une trace sanglante sur les draps blancs.

— Mets tes chaussures, défroqué, on y va. Si tu m'emmerdes, je tue quelqu'un d'autre, ça te va ? C'est assez clair ?

Le cœur battant, Bertrand ne répondit pas. Il hocha simplement la tête en chaussant sa deuxième basket. Ces yeux noirs pénétrants, il les avait déjà vus dans le garage d'Étienne.

Vardel l'attrapa par le bras, le souleva du lit où il était assis bouclant son nœud de lacet, puis l'entraîna dans le couloir en refermant la porte derrière lui. Le flux de panique se ruait vers les escaliers dans un chahut indescriptible tandis que quelques personnels se précipitaient avec des extincteurs.

Au milieu du chaos, les deux hommes se retrouvèrent assez vite à l'extérieur et Vardel poussa Bertrand vers les barrières de sortie du parking. Son véhicule était garé de ce côté-là. Marchant à bonne allure et en silence au milieu des passants, ils ne tardèrent pas à monter dans le 4x4 gris. Vardel verrouilla les portières avant de s'adresser à son otage.

— À partir de maintenant, silence radio ! Compris, défroqué ? Tu me fous la paix sinon je me fâche.

Bertrand acquiesça simplement de la tête. Totalement choqué par la froide exécution du jeune gendarme, il n'avait rien à dire.

Vardel sortit alors du vide-poche une petite boîte en argent qu'il ouvrit. Il versa un peu de cocaïne sur son couvercle et en fit une longue ligne. Puis il l'aspira à pleines narines grâce à un petit tube plastique sorti de sa poche. Le moteur démarra en même temps qu'il poussait un long soupir de satisfaction.

GENDARMERIE DE MIMIZAN

La consternation se lisait sur tous les visages qu'elle croisait. La mort de leur jeune collègue à l'hôpital avait retourné toute l'équipe. Mais Marcia n'eut pas le loisir d'exprimer une quelconque compassion. Le procureur demandait à être rappelé d'urgence.

Elle fit le job et ramassa une salve de commentaires énervés. Seule consolation, la conclusion : « Si vous voulez plus de moyens je vous soutiens, mais bougez-vous capitaine, attrapez-moi ce malade de toute urgence ! »

Elle n'avait pas dit un mot de la nouvelle lettre anonyme, pas vraiment le moment. Il lui fallait aussi la décortiquer d'abord. Récupérer son détective en bonne santé commençait vraiment à la préoccuper pour de bon. Elle n'avait connu jusqu'ici que des enquêtes sans affect, faciles donc pour elle derrière son armure. Là, c'était différent. Son émotionnel immature était perdu face à cette douleur qui montait.

Elle fila s'enfermer dans son bureau. Elle devait réussir, pas pour elle, sa carrière ou sa famille, mais pour sauver Bertrand en neutralisant au passage une bête maléfique.

Une fois la lettre dépliée à nouveau devant elle avec les précautions d'usage, elle s'absorba dans une lecture qui dura. À force de réfléchir au sens que pouvait avoir le choix de chaque mot, quelques signes émergèrent comme ce « je vous le laisse vivant ».

Il va donc abandonner Bertrand encore vivant et s'il est satisfait nous donner ses coordonnées. Mais nous devrons être bien à l'heure pour un échange de mails à une heure du matin. Pourquoi tant de précision ?

Penchée sur la lettre depuis un bon moment, le contexte historique de l'affaire lui revint subitement.

Mais oui ! *Il est toujours dans son délire, la punition de l'océan* !

Confiante en son intuition, elle se força au calme et se mit à rechercher sur le Net les horaires de marées pour la nuit à venir. Basse à vingt-deux, haute autour de quatre heures. Ce qui pourrait coller s'il comptait enterrer son otage sur la plage ! D'où l'avertissement d'être surtout bien à l'heure.

Mais elle ne saurait où récupérer Bertrand qu'après l'échange de mails, à 1h, soit peut-être deux heures grand maximum pour intervenir. Et puis qui pouvait affirmer que le foldingue donnerait les bonnes coordonnées ? Peut-être cherchait-il à punir Bertrand de toute façon ? Selon sa position sur la plage, ce dernier serait submergé plus ou moins rapidement.

Un nouveau frisson la secoua de haut en bas. Cette horreur ne pouvait se produire. Elle allait le tirer de là ! La capitaine se reprit en allant chercher dans le dossier de l'affaire la position géographique de la première victime sur la plage.

Nord de Contis, sud de Lespecier, un désert de sable et de pins ! La tanière de la bête devait fatalement se trouver dans le coin. Il lui avait bien fallu une base arrière pour la mise en scène du premier assassinat avec ses deux malheureux acolytes. Peut-être qu'elle se trompait, mais elle devait anticiper sur tous les plans comme si elle avait raison. Avoir toujours un coup d'avance !

Marcia attrapa son portable et appela directement son collègue Alexandre à la maison-mère bordelaise, leur spécialiste des questions de sécurité informatique. Elle voulait savoir ce que l'on pouvait tirer de l'adresse mail indiquée dans la lettre.

Après ça, elle estima avoir fait le tour du problème, même si l'odeur persistante de colle fraîche l'intriguait. Si Vardel était loin de Mimizan, qui l'avait donc composée ? Ce Robert Badie allait sans doute avoir de ses nouvelles sous peu.

Mais soudain son fixe grésilla et le standard lui passa à nouveau Marcet qui tenait donc parole, chose précieuse dans le métier qu'on soit policier ou gendarme.

— Bien, me revoilà et avec du lourd pour vous.

— Merci, je vous écoute avec attention.

— OK, l'hôtesse du club servait depuis plus d'un an de relais de communication entre Vardel et Badie. Au début, tout était rose, les deux la sautaient, oups…

— Laissez tomber, continuez.

— Et la payaient aussi pour le service téléphonique. Mais les choses ont évolué. Il y a beaucoup de femmes dans ce club, ils l'ont délaissée. Elle l'a mal pris et a demandé beaucoup plus pour le service du téléphone. Peut-être a-t-elle voulu les faire chanter aussi, difficile à dire. Mais Vardel s'est fâché, a négocié à la baisse et elle a accepté car elle a eu très peur. Elle m'a dit que ce gars est vraiment pas net. Un peu Jekyll et Hyde quoi ! Et sa peur est encore montée d'un cran maintenant qu'il est recherché. C'est pour ça qu'elle est venue faire une déposition. Puis elle a trois mois de sursis sur la tête pour une ancienne affaire, rigola Marcet.

— Et ce service téléphonique, ça consiste en quoi ?

— Vardel lui a financé deux téléphones qu'elle utilise avec des cartes prépayées. Je les ai sous les yeux, un rouge pour Badie, un noir pour Vardel. Par exemple, si Vardel veut passer un message à Badie, il envoie un SMS sur son portable à elle. Ensuite elle le retape sur le rouge et envoie sur le portable de Badie. Et il y a eu de l'activité aujourd'hui. Elle m'a tenu au courant. Je vais vous lire tout ça.

— Merci, je vous le revaudrai à l'occasion.

— Et qui sait ? plaisanta Marcet de sa belle voix. Bon alors, à onze heures quarante Vardel lui a écrit : « Dépôt de lettre immédiat. Aux gendarmes sur enveloppe. Je détiens désormais le défroqué… »

Elle l'interrompit.

— C'est bon, j'ai reçu la lettre en question, donc bien grâce à Badie ! Rien d'autre ?

— Si, à dix-sept heures vingt-deux, Vardel toujours, « Viens à la plage ce soir, urgentissime ». J'ai transmis avec le portable rouge que l'hôtesse m'a laissé, mais pas de réaction de Badie jusqu'ici. De toute façon, elle me tient au courant si elle reçoit quelque chose.

— Parfait vraiment, un grand merci.

— *De nada* ! Je vous envoie le PV dans pas longtemps et je vous avertis si ça bouge de nouveau.

— Je vous donne mon numéro de portable au cas où.

Quand elle raccrocha, ce fut pour se lever et souffler un grand coup.

Elle tenait le bon bout. Vu le deuxième SMS de Vardel, elle était certaine que son analyse était valide. Mais ses collègues n'avaient apparemment pas repéré le redémarrage de son téléphone portable, bref sans doute. Elle se renseignerait mais ce n'était pas le plus important.

Marcia se mit à tourner en rond dans son petit bureau. Anticiper voulait dire mettre en musique une intervention nocturne millimétrée sur la plage et aussi prendre immédiatement des nouvelles de Badie.

Elle attrapa sa radio.

— Alpha pour Alpha 1.

Il y eut quelques secondes de silence avant que le gendarme en civil ne lui réponde depuis sa voiture personnelle. Pas de véhicule banalisé disponible.

— Alpha 1 à l'écoute.

— Rien de neuf ?

— Non, aucun mouvement.

— La cible devrait sortir d'ici ce soir, soyez vigilant et avisez immédiatement.

— Bien reçu.

Bientôt dix-neuf heures. À présent, il fallait préparer l'opération en commençant par un briefing avec son équipe qui connaissait bien le terrain. Elle croisa fort les doigts en espérant ne pas être passée à côté de quelque chose d'important.

Quelque part entre Contis et Lespecier

Au début de leur périple routier très alambiqué, Bertrand essaya de se repérer. Mais il n'était pas du coin et son ravisseur n'empruntait que des routes de campagne. Il fut vite perdu. Ils allaient vers l'ouest, ça c'était sûr car le soleil descendant l'éblouissait souvent. Après plus d'une heure et demie d'un dédale de routes et de pistes, le silence imposé par Vardel régnait toujours à bord.

Le Toyota gris déboucha bientôt sur la D38, vers Bias comme indiqué sur un panneau. Puis, il ne tarda pas à s'engager de nouveau à gauche sur une piste qui deux kilomètres après retrouvait la D652 desservant les stations balnéaires de la côte. Au bout de deux ou trois kilomètres vers le sud apparut alors l'entrée du lieu-dit Orvignacq.

Cent mètres plus loin, le véhicule s'engagea à droite sur une nouvelle piste forestière. Sous les pins, la lumière commençait à baisser rapidement. Après un début de parcours à peu près plat, ils affrontèrent bientôt une succession de montées et de descentes dans un sable de plus en plus meuble. L'allure ralentit alors nettement et en fin connaisseur, Bertrand put apprécier les qualités de conduite de son ravisseur.

Depuis l'hôpital, ils n'avaient stoppé qu'une seule fois, le temps de l'envoi d'un SMS.

Après une heure bien ballottée, le 4x4 se dirigeait toujours droit vers la côte en grinçant passablement. Dans un creux très arboré, Vardel ralentit encore avant de manœuvrer à gauche entre quelques troncs pour accéder à une minuscule clairière.

Il s'y engouffra et coupa tout. Soudain, il fit très sombre. Le psychiatre alluma le plafonnier et sortit sa boîte en argent pour une nouvelle prise de cocaïne. Une fois bien reniflé, il s'essuya le nez et s'adressa à Bertrand en rangeant la boîte dans sa poche.

— Allez, on va enfin se dégourdir les jambes. Descends, défroqué !

Deux portières claquèrent dans le calme nocturne à peine troublé par quelques pépiements diffus. Vardel laissa la clé sur le contact, abandonnant à l'arrière blouse blanche, mallette et téléphone sans batterie, mais il embarqua son long couteau.

— En route, suis-moi.

Dans une semi-obscurité, ils zigzaguèrent sous le couvert forestier et tombèrent rapidement sur la piste cyclable reliant Mimizan à Contis. Ils l'empruntèrent sur quelques dizaines de mètres vers le sud avant de s'engager à droite pour suivre une piste sablonneuse.

Peu à peu, la forêt commençait à progressivement s'éclaircir pour laisser place aux dunes anciennes à la végétation plus rase. Un paysage de creux et de bosses pas commode à traverser. Un vent plus vif se faisait peu à peu sentir. L'océan se rapprochait. Dans l'obscurité croissante, la progression à travers le sable et ces buissons épineux fatigua rapidement Bertrand. Ce ne fut pas du goût de son ravisseur qui vint piquer son arrière-train de la pointe de sa lame pour le faire avancer. Et la situation ne s'arrangea pas à travers les dunes littorales. Vardel lui, semblait infatigable.

Enfin, le binôme s'arrêta au beau milieu de nulle part. Bertrand en tomba à genoux, essoufflé, en nage, cuisses et mollets en flammes. Devant lui, le bleu infini de l'océan qui n'allait pas tarder à engloutir le soleil. Là-bas au sud, quelques petites lumières, sans doute Contis.

Son garde-chiourme l'attrapa brutalement par le bras et le fit se relever.

— Par-là, défroqué, lui dit-il en le poussant plus loin vers un long tronc d'arbre couché sur une dune qu'ils contournèrent.

Sous cet abri, le vent avait creusé une cavité protégée en outre par un discret auvent fait de toile de camouflage accrochée à des piquets de fortune. La tanière de la bête, loin de tout, quatre mètres carrés à peine. Dans un coin, Bertrand put voir une pelle pliable, de la corde marine, deux bouteilles d'eau, une boîte en plastique et un paquet de gâteaux secs.

Vardel le fit asseoir au creux de cette minuscule caverne de sable et se laissa tomber en face de lui, mort de soif et de faim. Il se jeta sur une des bouteilles et but longuement sous les yeux brillants de Bertrand. Une fois désaltéré, il le toisa avec un sourire sadique.

— Tu as soif, défroqué ?

Ce dernier ne lui répondit pas et baissa les yeux, dégoûté par ce grand classique de la bassesse humaine. Le mal était là, face à lui…

Vardel attrapa la seconde bouteille et la jeta aux pieds de Bertrand qui la ramassa sans un regard pour son ravisseur. Il l'ouvrit d'un geste sec et étancha enfin sa soif brûlante en prenant tout son temps.

— Si vous voulez m'échanger contre les manuscrits, vous avez intérêt à me garder en bon état, non ? lui lança-t-il en reposant la bouteille.

— Hum, ne bois pas trop quand même. Cela pourrait faire beaucoup d'eau en une seule soirée si la gendarmerie se remet à déconner comme hier matin avec la clé cryptée, répondit-il froidement en ouvrant la boîte plastique pour en retirer un sandwich dans lequel il mordit avec férocité.

— Moi aussi vous allez m'enterrer jusqu'au cou sur la plage ? Vous allez au bout de votre scénario macabre, c'est ça ?

Vardel approuva de la tête en continuant son festin devant le prisonnier affamé.

— Et c'est sans doute ici qu'a eu lieu le terrible viol de cette jeune femme. Vous avez une technique de manipulation terriblement efficace, il faut le reconnaître. J'ai d'ailleurs pu m'en rendre compte personnellement. Heureusement que je n'ai pas sauté depuis le phare sinon cette belle soirée n'aurait pu se dérouler.

Le sandwich avait presque disparu, tout comme le visage du fou furieux dans la pénombre. Bertrand continua néanmoins de le harceler.

— Alors, d'après votre plan il me reste combien de temps à vivre ?

Il entendit un soupir amusé.

— Mon pauvre, ça ne dépend pas de moi, je te l'ai dit. S'ils sont à l'heure avec ce que je veux, la cavalerie devrait arriver à temps. Bon, j'ai à faire. Allez, à plat ventre !

Bertrand distingua le manche du couteau planté pas si loin. D'un geste vif, s'en saisir et occire ce fou ? Mais impossible, il donnerait sa vie plutôt que de commettre un tel acte.

Alors il s'exécuta lentement et le contact du sable frais sur son visage lui fit du bien. Il se força à se concentrer sur le vacarme de l'océan roulant là-bas dans l'obscurité tandis que Vardel lui liait les mains puis les chevilles.

— Rassure-toi, ce n'est pas ici que tu mourras, lui lança-t-il en se relevant, ça manquerait de panache !

— Qui peut savoir où et quand je vais mourir ? grommela Bertrand en soulevant un peu la tête vers lui.

Sans plus lui accorder d'attention, Vardel s'éloigna et disparut un moment. Puis, malgré son inconfortable position, Bertrand le vit revenir avec un gros sac à dos sur l'épaule. Devant son abri, il s'en délesta et le traîna sous l'auvent. Au passage, le prisonnier observa qu'une coquille y était accrochée. En relevant la tête, il fut surpris de découvrir le docteur Vardel en moustachu au crâne rasé.

Ce dernier était parti exhumer du sable son sac enfoui non loin de là et s'était débarrassé de la perruque de l'hôpital. Trop chaud, rien à foutre du défroqué ! Il n'avait jamais été aussi prêt du départ. La phase terminale de l'opération *Memory*, enfin !

Fugacement, le psychiatre repensa au pèlerin espagnol croisé sur la plage un an auparavant, tête rasée et grosse moustache, enterré par ses soins au creux des dunes après récupération de son passeport et de la coquille suspendue à son sac. Puis il ramassa pelle et cordes dans le fond de l'abri et sortit en attrapant le couteau au passage.

— Je vais revenir, sois sage.

— Vous allez creuser mon trou je suppose ?

— L'heure tourne, défroqué, et on se rapproche tous des échéances finales, lui lança-t-il en disparaissant prestement dans la pénombre

En fait, le stratège restait préoccupé par l'absence de Robert, mais le gars n'était pas un grand courageux, il le savait. D'ailleurs, il avait sans doute bien fait de ne pas venir ce soir. Il aurait fini dans les dunes comme l'espagnol. Ce médiocre s'était complètement planté.

Son vieux avait résisté au lieu de plier après la mort de sa petite fille, torpillant ainsi le scénario de la lettre anonyme. Vardel avait dû adapter l'opération *Memory* en conséquence, vu l'entrée en scène du grain de sable, le confesseur. Ce qui avait mené à l'élimination du vieux Fernand par ses soins. Un deuxième assassinat qui arrangeait bien son poltron de fils. Coup double : après la nièce le vieux ! Robert tenait maintenant son labo.

Sur le chemin vers la plage, Vardel s'arrêta un moment à l'abri du vent au creux d'une petite dune. Il s'accroupit au ras du sable pour ressortir sa petite boîte en argent.

Mimizan

Roues arrière en partie sur le sable, la Peugeot noire était garée au fond de l'impasse longeant le jardin des Badie pour aller déboucher sur la plage du courant.

De là, le gendarme Balétran pouvait surveiller l'entrée de la villa, juste à l'angle entre la rue et ce chemin sablonneux. Il avait aussi un visuel de l'arrière de la propriété grâce à l'état lamentable des clôtures rabougries. « Une passoire » avait dit la capitaine quand il l'avait accompagnée l'autre jour après la mort du vieux.

La trentaine athlétique dans un tee-shirt de surfeur, Hugo Balétran s'ennuyait ferme malgré la belle lumière venue de l'ouest se reflétant sur l'eau du courant encore haute. Presque vingt heures trente. Le gars devait bouger, mais quand ? La nuit allait vite tomber à présent.

Il décida de sortir discrètement prendre un peu l'air.

Arme, menottes et radio à la ceinture sous le tee-shirt pendant, il referma délicatement la portière, s'étira, puis s'éloigna finalement de quelques pas pour aller pisser. En éveil il tendit l'oreille. Tout était calme côté entrée. Alors il jeta aussi un coup d'œil vers le jardin. Là, sa main occupée à ouvrir sa braguette s'arrêta net.

Dans la pénombre grandissante, une silhouette était en train de se faufiler entre les pins, passant à l'abri du cabanon et continuant vers la clôture. Elle l'enjambait déjà tandis que le gendarme rendait compte discrètement à la radio.

La réponse de Marcia fusa dans son oreille collée contre l'appareil.

— Arrestation immédiate, je vous envoie du renfort, foncez !

Il s'avança un peu plus et traversa le chemin pour aller s'accroupir derrière une remorque supportant un catamaran et son mât allongé. La silhouette en survêtement sombre, un petit sac à dos sur les épaules, s'éloignait à grands pas dans le sable meuble le long des clôtures des confortables villas.

Le gendarme piqua alors rapidement vers la rive du courant pour courir sur du sable plus ferme en contrebas du fuyard. Puis, remontant à son niveau par la droite, il surgit derrière lui et lança les sommations d'usage.

Non seulement Robert Badie ne s'arrêta pas, mais il tenta d'accélérer encore. La condition physique fit la différence. Hugo Balétran le rattrapa et le plaqua dans le sable comme le joueur de rugby amateur qu'il était. Mais il se débattit comme un diable en hurlant et le gendarme eut toutes les peines du monde à le menotter. Hystérique le gars !

Du coup, il lui entrava aussi les chevilles avec le collier plastique qui traînait toujours dans ses poches, ce qui ne fut pas de tout repos non plus. Les hurlements redoublèrent. Mais il put enfin se relever pour souffler un peu et attraper sa radio face aux fenêtres allumées de quelques villas suite aux cris du fuyard.

*

Quand on amena Robert Badie menotté dans le bureau de la capitaine, il était un peu plus calme mais son visage était tout congestionné et ses oreilles rouge vif. Il s'assit, semblant néanmoins vouloir en découdre encore.

— Qu'est-ce que c'est que cette histoire de garde à vue ? Vous allez enfin vous expliquer ? Et puis j'exige la présence de mon avocat !

Très calme, elle lui adressa un grand sourire.

— Alors monsieur Badie, comme ça, vous partiez discrètement rejoindre le docteur Vardel à la plage ?

— Quoi ? Qui ça ? Non, je voulais aller me mettre à l'abri dans la maison déserte de mon frère pas loin de chez moi. Il est à Bordeaux. Moi aussi je finis par me sentir menacé, vous savez !

La capitaine apprécia l'aplomb du personnage puis porta l'estocade.

— Vous avez pourtant bien reçu le SMS de Vardel retransmis par cette hôtesse de charme depuis Bordeaux, non ? Celui où il vous demande de venir à la plage ce soir !

Robert tendit brutalement le bras vers son petit sac à dos posé sur le coin du bureau.

— Mais de quoi vous parlez ? Vérifiez par vous-même, mon portable est dans le sac.

— Hum, écoutez-moi bien, même si vous me prenez pour une imbécile jusqu'ici. La PJ de Bordeaux a reçu cet après-midi la déposition de Laetitia, votre réceptionniste attitrée. La lettre anonyme, vous l'avez fabriquée en copiant le SMS reçu du téléphone rouge retranscrivant les ordres de Vardel. Alors ça suffit, vous êtes cuit Badie. À table maintenant ! Je vous écoute, la plage, c'est où ? Je suis pressée, vous le savez.

Face à elle, deux épaules s'affaissèrent lentement. Sa bouche se tordit un long moment puis Robert osa, au moins éviter ça à Caroline.

— Si je vous parle, vous me promettez que ma femme ne saura rien de mes fréquentations bordelaises ? Vous pouvez faire en sorte non ? l'implora-t-il de ses yeux bleus humides. Je ne veux pas qu'elle l'apprenne comme ça, dans la presse ! Accordez-moi le temps de la préparer à la vérité, au parloir en prison avant le procès, vous comprenez ? Je suis sûr que vous comprenez…

Marcia hochait la tête avec une drôle de moue.

— Tout vous accuse et vous me demandez une fleur ! Vous êtes un peu gonflé, non ?

— C'est tellement important, elle est si fragile. Moi je suis foutu en effet, conclut-il tête baissée.

Bon, c'était bien un mou. Elle devrait vite savoir l'essentiel.

— Certes, si vous contribuez à sauver une vie ce soir, ça peut permettre quelques aménagements. Mais je ne peux rien assurer sauf que je garderai ça en tête. Alors, ce repaire de Vardel à la plage ? répéta-t-elle en dépliant sur le bureau une carte IGN du coin et en appelant l'adjudant Lassalle.

Robert hésita un long moment puis finit par sortir ses lunettes de la poche ventrale de son survêtement.

— Environ un kilomètre et demi au nord du bunker, lâcha-t-il dans un souffle.

— Le bunker nord de Contis-Plage ? lui demanda l'adjudant.

— Oui, par-là, répondit-il en baladant son doigt au-dessus de la côte, voilà là, presque.

— Et il y accède par où ?

— Par-derrière, par les pistes forestières puis il finit à pied.

— Pff, belle balade !

Marcia se jeta à l'eau.

— OK, et donc il va enterrer son otage sur la plage comme votre nièce, c'est ça ?

— Je ne peux pas vous dire. C'est possible, vu la lettre, souffla Robert en levant son regard bleu un peu perdu vers elle.

— Il veut finir en beauté avec une nouvelle punition de l'océan, je me trompe ?

— Écoutez, je ne sais plus trop où il en est à présent. Je sais qu'il est recherché et qu'il a tué un gendarme à l'hôpital pour enlever le confesseur de mon père, c'est tout.

— Bon, nous allons les rejoindre et vous nous accompagnez. On verra ensuite pour votre déposition officielle et votre avocat. Vous êtes avec moi, monsieur Badie ?

Se voûtant de plus en plus sur sa chaise, il opina simplement du chef. La seule chose qui lui importait à présent était d'épargner sa femme, au moins sur ce point délicat de sa double vie. Pour le reste, il avait déconné, il allait payer.

Il n'avait pu accepter que sa nièce pharmacienne reprenne le labo, cette pimbêche arrogante et sexy en diable qui le méprisait, lui, le *looser* en médecine et en pharmacie. *Idem* avec le paternel, ce vieux dictateur qui ne lâchait rien et le méprisait aussi, le traitant comme un employé au lieu d'un héritier.

La rencontre de Vardel à la recherche de ses manuscrits fut providentielle à double titre. D'abord il apprit la vérité sur son père, ce qui le décomplexa quelque peu. Puis il vit l'opportunité, le pont d'or vers la direction du labo.

Certes, il avait bien joué la partie. Mais à présent il était temps de passer à la caisse.

Résigné, Robert Badie se leva pour être placé en cellule le temps que l'intervention sur la plage s'affine grâce à une nouvelle réunion de Marcia avec les gendarmes locaux.

*

Tout à la fois géographique, tactique et logistique, la préparation fut minutieuse même s'il fallait se passer de l'appui du drone du fait des délais trop courts. Trois brigades étaient mises à contribution, Mimizan, Contis et Parentis.

Le verrouillage des accès routiers du quadrilatère Lespecier, Bias, Saint-Julien-en-Born et Contis était d'ores et déjà en train de se mettre en place. L'option de rallier le repère du fou par la plage tous feux éteints depuis le nord de Contis avait été retenue, bien plus rapide que la traversée de la forêt.

Avant de monter dans le Land-Rover, Marcia reçut un appel de son collègue Alexandre depuis Bordeaux.

— Bon, j'ai récupéré l'adresse ip qui a ouvert la boîte mail pour ce soir. Sans surprise, c'est celle de ton Vardel. Impossible de lancer une géolocalisation pour le moment. Sa machine est certainement éteinte et sans batterie. Mais quand il va la rallumer ce sera bon, à condition que tu fasses durer le plus possible. Attends pour lui répondre, il me faut du temps, deux, trois minutes environ, oui ?

— D'accord, sans problème, et désolée pour l'horaire.

— Pas de souci, je suis un couche-tard. À tout à l'heure.

Le Land Rover suivi par deux fourgonnettes et deux motards ne tarda pas à quitter la gendarmerie de Mimizan pour rallier celle de Contis-Plage. Affublé d'un gilet pare-balles, Robert Badie était installé à l'arrière entre deux gendarmes en tenue d'intervention, casqués et armés jusqu'aux dents.

Il était presque vingt-deux heures et Marcia avait *a priori* un coup d'avance. Mais elle n'arrêtait pas de penser à son détective à la merci de cet esprit malade. L'idée qu'il se retrouve enterré jusqu'au cou dans la nuit face à l'océan la révulsait. Sans parler de sa peur que Vardel ne change d'idée et ne le tue de ses propres mains bien avant l'échange des mails.

Quelque part entre Contis et Lespecier

À force d'entendre le vacarme des vagues sur la grève mêlé au murmure du vent dans la forêt proche, Bertrand s'était un peu assoupi malgré la peur qui le tenaillait. Ce fut le frottement douloureux des liens rugueux sur sa peau qui le fit émerger à nouveau.

Le moteur de pensées inquiètes redémarra aussitôt. L'océan qu'il écoutait béatement gronder allait l'engloutir sous peu, quelques heures, pas plus. Même s'il l'avait beaucoup côtoyée, jamais il n'avait été aussi proche de la mort.

Mais, peu à peu, il finit par se dire qu'au lieu d'alimenter la peur, il s'agissait de tenter de l'apprivoiser avec de la confiance. Celle que sa vie aventureuse lui avait fait découvrir et emmagasiner. Un ressenti maintes fois éprouvé jusqu'au tréfonds de lui-même sur le continent africain. On ne voyageait pas seul en ce monde. Il y avait la providence incarnée par les autres, et ce soir elle l'était par Marcia.

Alors, malgré la douleur causée par les liens, il usa de ses talents de prière pour cette femme pleine de qualités et de blessures soigneusement dissimulées. Joue sur le sable frais, il passa ainsi un long moment à penser à elle, à cultiver de la confiance. Les choses avaient nécessairement bougé depuis son enlèvement à l'hôpital.

Mais bientôt, il commença à percevoir une vibration à travers le sable. Son ravisseur était de retour. Le crissement des chaussures se rapprocha tout près. Vardel se glissa sous l'abri, planta le couteau au sol et se désaltéra longuement avant d'attraper quelques gâteaux secs.

— Bon, vous comptez me rendre ma dignité bientôt ? Je ne suis pas une bête pour être ainsi entravé ! lui décocha Bertrand de plus en plus meurtri par cette corde abrasive.

Sans répondre, l'autre but de nouveau, s'étira et s'allongea un court moment. Puis enfin, il se rassit en soufflant fort.

— Écoute bien, à partir de maintenant il y a plusieurs façons de faire, de tranquille à très violent, compris ?

Pour ma part, la violence ça ira comme ça. Vous n'avez plus à me convaincre de vos capacités.

— Parfait, alors on va y aller, répondit-il en attrapant son couteau pour trancher les liens de ses chevilles. Allez, debout !

Le geste sec fit un mal de chien à Bertrand.

— Si vous pensez que je vais garder les mains liées, vous faites erreur. Je suis un homme libre qui a pris la décision de vous suivre sans violence jusqu'à son trou, coupez-moi ça !

Ulcéré, Vardel s'approcha de lui en dodelinant de la tête.

— Tu prends des risques, dis-moi défroqué !

— Vous aussi qui avez l'air pressé de vous enfuir avec votre sac à dos. Traîner mon corps jusque là-bas ne sera pas une balade du dimanche ou alors il faut changer votre final. Faire moins spectaculaire ! Moi ça m'est égal, c'est vous le scénariste.

Il y eut un silence. Le temps pour Vardel de digérer le vocabulaire, s'enfuir, final, spectaculaire, scénariste ! Bertrand venait d'égratigner Narcisse et son opération *Memory*. La colère enfantine remontra immédiatement le bout de son nez. La main serra le manche du couteau jusqu'à la douleur. Puis, au prix d'un très gros effort, il reprit le dessus.

— C'est tout vu. Avec un si bon artiste mon final devrait être grandiose.

Sur ce, il trancha sèchement les liens de ses poignets, déclenchant une nouvelle salve de douleur. Bertrand s'assit tout en massant ses extrémités avant de se relever péniblement. Il était tout ankylosé.

— En route, on descend sur la plage.

*

Depuis qu'ils marchaient sur le sable ferme près du rivage, Bertrand était transpercé par le vent, frigorifié dans son simple tee-shirt. Avec son *sweat* sous un coupe-vent, Vardel, lui, était bien protégé. Quoi qu'il en soit, le prisonnier continuait à jouer la mouche du coche.

— En fait, si on fait le bilan, pour le moment, vous n'avez ni la pierre ni son mode d'utilisation !

— Ne cherche pas à te mêler de mon opération, défroqué ! Contente-toi d'être une monnaie d'échange.

— En tout cas, ça va être compliqué pour vous de la récupérer dans le phare. Recherché, vous êtes condamné à fuir loin.

Vardel stoppa net pour agripper violemment Bertrand par le col de son tee-shirt.

— Mais putain, je viens de te dire quoi, là ! Boucle-la et avance, lui hurla-t-il tout près du visage.

Puis il le propulsa brusquement en avant sans lâcher tout de suite son tee-shirt qui du coup se déchira presque en deux. Dans son élan, Bertrand s'en alla toucher l'eau de ses baskets. Alors il continua à marcher dedans. Autant parler à l'océan pour qu'il sache bien que la punition n'aurait pas lieu car il allait être sauvé.

Au début de sa carrière africaine, ce dialogue des ruraux avec les éléments l'avait surpris. Puis il s'y était intéressé de près, avait observé et pratiqué, et un jour lui aussi avait senti. Sous un grand manguier en compagnie de pasteurs Peuls.

La vision s'estompa aussi vite qu'elle avait surgi. Torse nu dans le froid et le vent, il se remit néanmoins à cultiver de la confiance. Il suivait Vardel en lançant des gerbes d'eau avec ses pieds, les yeux dans les étoiles.

Quelques centaines de mètres plus loin, ils quittèrent le rivage pour remonter vers la face sombre de la dune littorale. Mouillé et glacé jusqu'aux os, Bertrand distingua droit devant un grand bâton fiché sur la plage surmonté d'un fanion blanc.

À ses pieds, un trou béant l'attendait à côté d'un tas de sable. Non loin, il vit aussi des cordes en vrac et la pelle. Une énorme rafale d'angoisse souffla alors d'un coup, le poussant à vouloir fuir, fuir !

Il en tressaillit et se mit à trembler de tout son être, incontrôlable, bien au-delà du froid. Son corps manifestait sa peur panique de disparaître, confiance cultivée ou pas par l'esprit qui l'habitait. Si ce dernier craignait la souffrance, il ne redoutait pas le grand passage. Il était certain que l'on rentrait simplement chez soi comme après un long voyage. Mais ce soir, la terreur étouffait tout.

Soudain, Vardel lui cria dessus.

— Avance ! À genoux à côté du trou, allez !

Tandis qu'il s'exécutait lourdement, le bourreau s'approcha des cordes. Il commença par lui lier à nouveau les mains derrière le dos. Les bras suivirent, puis les chevilles, et enfin les deux jambes repliées. Bertrand était maintenant étroitement ligoté à genoux.

Il commença alors à le tirer vers le trou et le fit basculer dedans avant de le redresser sans ménagement. Puis il commença à remblayer autour de lui avec la pelle. Bertrand dut fermer les yeux tellement il prenait peu de précaution. Il termina en tassant bien. Seule la tête hirsute dépassait.

Bertrand claquait des dents et la douleur due à ses nouveaux liens commençait à monter. Il souleva une paupière avec précaution et distingua le fou qui s'éloignait, sa pelle repliée en main. Enterré dans la nuit face au ressac lancinant des vagues, impossible de se faire une idée de la distance qui le séparait de la submersion ni du temps que cela prendrait.

Les tremblements redoublèrent. Dans sa position, c'était une horreur. Le sang commençait à mal circuler autour des terribles liens serrés. Il avait l'impression que le sarcophage de sable humide et glacial allait l'écraser, l'ensevelir vivant.

La panique monta. Il ne put même pas crier. Il mourait de froid. Ses forces l'abandonnaient, il était fatigué, trop fatigué…

*

Vardel avançait aussi vite qu'il le pouvait le long du rivage après être passé récupérer son grand sac de pèlerin de Compostelle aux abords de son repère. Il regarda l'heure à sa montre, vingt-deux heures trente-quatre. Parfait, la marée commençait à peine à remonter. Au moment de l'échange, il serait déjà loin au sud.

À présent, il n'allait pas tarder à escalader la dune. Le bunker se rapprochait. Pas question en effet de traverser la plage de Contis encore fréquentée par les noctambules de septembre. Un grand détour était au programme pour cette phase de l'opération *Memory* ayant fait l'objet de minutieux repérages hivernaux.

Il accéléra encore en se promettant, une fois là-haut, une pause « petite boîte » à l'abri des anciennes fortifications allemandes. Il le méritait et en aurait bien besoin pour continuer son long périple tortueux jusqu'à la berge nord du courant.

*

L'horloge digitale du bord indiquait vingt-trois heures douze lorsque le Land Rover descendit sur la plage en contrebas du poste de surveillance de Contis nord. Dans le rétroviseur extérieur, Marcia observait le deuxième véhicule qui suivait. Son ordinateur portable était posé à ses pieds, tout était paré pour l'échange de mails.

Feux éteints, le convoi aux pneus un peu dégonflés traversa la plage en direction du rivage et prit à droite près de l'eau pour ensuite rouler plus franchement vers le nord. À sa vue, au dernier moment, des fêtards proches se mirent à déguerpir prestement. Quelques insultes et doigts d'honneur n'échappèrent pas à l'adjudant Lassalle derrière son volant.

Le silence régnait à bord. Avec leurs jumelles à vision nocturne, la capitaine et le gendarme derrière elle commençaient à balayer plage et dune. Après environ huit cents mètres, Marcia put distinguer là-haut le bunker à moitié enseveli.

— Le bunker doit être par ici, au PK.41[15], lui dit au même instant l'adjudant.

— Exact, je viens de le voir.

— Et d'après monsieur derrière, la cachette du fou se trouverait au niveau du PK.39. C'est bien ça ?

15 Point Kilométrique

Robert Badie se secoua un peu. Il devait collaborer de façon exemplaire pour arracher l'accord de la capitaine. Il était néanmoins mort de trouille à l'idée de croiser Vardel. Heureusement qu'elle l'avait équipé d'un gilet pare-balles.

— Oui, oui, en retrait dans les dunes. Il faut traverser le GR[16] et continuer plein est jusqu'à un grand tronc couché. C'est derrière, dessous quoi.

— OK, l'autre 4x4 s'arrête au PK.39 et nous, on continue plus au nord pour chercher la victime. La première fois, la jeune femme avait été enterrée aux alentours du PK.38, ajouta Marcia.

Un grand frisson la parcourut soudain, à tel point que l'adjudant lui proposa de mettre le chauffage. Elle déclina presque sèchement, agacée en tout cas, et s'en voulut immédiatement. En fait, elle était angoissée comme jamais par la situation de son détective. Elle ne savait pas gérer ça, excepté par la mauvaise humeur envers les autres. Si elle se plantait, si ça tournait mal cette nuit, elle ne s'en remettrait pas.

Rendu au niveau du PK.39, le convoi stoppa.

La capitaine descendit pour briefer les trois hommes et la femme chargés de l'inspection de la tanière du foldingue. Leur chauffeur patienterait là. Puis elle alla chercher Robert Badie qui allait leur servir de guide. Ce dernier ne s'attendait pas à ça. Sa trouille monta d'un cran mais il rejoignit le petit groupe sans rien dire, tête basse.

16 Chemin de Grande Randonnée

L'adjudant Lassalle redémarra doucement dès que Marcia fut de retour à bord. Le balayage attentif de la plage avec les jumelles reprit.

*

Il lui semblait être enterré là de toute éternité, emmuré dans ce sable glacé. Le temps avait depuis longtemps suspendu son cours. Excepté sa tête, Bertrand ne pouvait plus rien bouger et ne sentait plus rien. Semi conscient, il percevait néanmoins un changement progressif d'atmosphère, l'air ambiant était de plus en plus humide. La masse de l'océan approchait de lui, énorme, grondant de plus en plus. En écarquillant les yeux, il distinguait de vagues lignes blanches. Il lui semblait même entendre le roulement de l'eau et des grains de sable sur la grève.

D'un coup, la panique s'installa, il n'allait pas tarder à se noyer, c'en était fini de lui. Mais il ne lui restait plus beaucoup d'énergie pour alimenter même la peur, alors vint lentement l'acceptation. Laisser faire, supporter la douleur de la mort du corps, avoir confiance, il avait tout donné sur cette planète, il avait fait de son mieux, il serait bien reçu…

Bertrand était à bout de forces. Il referma les yeux et se laissa aller. Le froid s'intensifiait, il ne tarda pas à sombrer dans l'inconscience. L'eau n'était plus qu'à quelques mètres de sa tête.

*

Parcourir ce kilomètre de sable sembla une éternité pour la capitaine, jusqu'au cri de son collègue derrière elle.

— Là-bas ! Sur le banc de sable, il y a quelque chose au pied du grand bois planté. Vous voyez ?

— … Oui, vu, foncez !

Le Land Rover quitta le rivage pour obliquer doucement à droite et vint stopper devant le bâton. Lampe torche en main, Marcia jaillit littéralement du véhicule.

Bertrand ! Elle se força à se calmer et s'agenouilla près de lui, bientôt rejointe par l'adjudant et un des gendarmes, chacun une pelle en main. Elle caressa doucement sa joue glacée. Il respirait très lentement. Ses yeux étaient fermés, il semblait inconscient.

Tandis qu'elle appelait le SAMU, le chantier démarrait à un rythme soutenu mais pénible. Le sable humide était lourd. Peu à peu, en terminant doucement à la main, le corps saucissonné torse nu apparut.

— Doucement, doucement, leur lança Marcia en se rapprochant, le médecin me dit qu'il y a un risque de décompensation à cause de la pression du sable. Il peut faire une hémorragie fatale. Il ne faut pas le bouger. Ils envoient un hélico.

L'adjudant fila chercher une couverture de survie dans le véhicule.

— Trouvez-moi un couteau, lança-t-elle au gendarme, vite. D'après le toubib, il faut couper tout doucement les liens que l'on peut atteindre pour faciliter la circulation sanguine.

La petite demi-heure d'attente de l'hélicoptère fut longue. Agenouillé dans son trou, Bertrand était recouvert au mieux par la couverture brillante. Marcia prenait son pouls, faible tout comme sa respiration. Il était glacé, en hypothermie, le sommeil le plus dangereux qui soit, celui provoqué par le froid.

Quand l'équipe médicale assistée par les gendarmes souleva le brancard sur lequel ils l'avaient allongé avec mille précautions, Bertrand geignit doucement puis tenta d'articuler quelques mots.

— Attendez, on le repose, réagit la capitaine.

Et elle s'approcha pour coller son oreille près de ses lèvres.

— Oui, c'est Marcia, on vous a récupéré, tout va bien, lui chuchota-t-elle après avoir décodé.

Avec une voix d'outre-tombe, Bertrand tâcha de lui parler en articulant au mieux.

— Tête rasée… moustache… noire

— Vardel ?

Il émit un tout petit oui.

— Gros sac à dos et coquille…

— Quoi Bertrand ?

— Pèlerin Compostelle…

— Il s'est déguisé en pèlerin de Compostelle avec la coquille sur son sac, c'est ça que je dois savoir ?

Bertrand approuva doucement de la tête.

— Parti au sud…

Elle vit ses yeux se refermer doucement mais il bredouilla encore quelques mots.

— Merci Marcia… je savais…

— Allez, on y va, lança-t-elle, serrant fort sa main tout en maîtrisant quelques larmes en approche.

Après une bise discrète de Marcia sur sa joue, Bertrand fut transféré dans la carlingue de l'hélicoptère. D'après l'adjudant qui s'était renseigné, il repartait pour l'hôpital de Mont-de-Marsan. Elle se promit d'aller le voir là-bas dès qu'elle aurait neutralisé le pèlerin de Compostelle. Elle lui rapporterait la coquille !

*

La pause cocaïne au bunker l'avait bien boosté. Boussole en main à travers la forêt, Vardel était en train d'avaler les quatre kilomètres de sa balade jusqu'à la berge nord du courant. À peu près à mi-chemin, il avait contourné le phare de loin sans manquer de saluer sa pierre et de l'assurer de sa prochaine délivrance.

À présent, il fonçait droit sur la station d'épuration qu'il ne tarda pas à dépasser en se faufilant tel un chat. Il adorait ça en fait. Sentir l'adrénaline monter toujours plus en jouant avec les petites souris qui lui avaient fait tant de mal.

Sac sur le dos, il remontait prudemment le chemin desservant la station depuis la route goudronnée. Il n'avait plus qu'à la traverser pour se retrouver au bord du courant, en amont du barrage routier sans doute établi au carrefour du pont rose.

Une fois de l'autre côté, il déposa son sac et attrapa sa pelle pliable. Prudemment, il progressa le long de la berge assez abrupte vers les racines épanouies d'un gros chêne et se mit à creuser au beau milieu. Au bout de quelques minutes, il exhuma un autre sac à dos, rectangulaire celui-là, qu'il transporta un peu plus loin vers un minuscule espace de sable au ras de l'eau encore basse à cette heure.

Déballage et gonflage de la planche prirent quelques minutes supplémentaires, puis le *paddleboard*[17] fut enfin prêt pour l'embarquement du fugitif, pagaie en main et sac à dos posé devant lui. Il démarra à genoux, s'aligna au centre du courant et rama à peine. Toujours agenouillé, il passa sous le pont rose et put apercevoir plus haut les reflets bleutés du barrage effectivement en place plus loin sur la route.

Maintenant debout, il pagayait lentement à travers les méandres terminaux du courant, laissant à tribord villas, bars, lumières et brouhahas festifs. Puis, en amont de la sortie canalisée, il alla s'échouer doucement sur le sable le long de la rive sud déserte. Pas question de sortir sur l'océan. À marée montante, avec cette houle consistante, c'était peine perdue.

Une fois le *paddleboard* repoussé dans l'eau, Vardel mit le sac sur ses épaules et remonta rapidement vers la plage, un grand sourire aux lèvres. En route vers Cap-de-l'Homy et plus loin encore Saint-Girons, des kilomètres de désert.

*

Durant leur lent retour vers la gendarmerie de Contis, Marcia tournait et retournait dans sa tête les

17 Longue planche que l'on utilise debout en ramant avec une pagaie.

informations glanées auprès de l'équipe du SAMU. Pronostic réservé, tout dépendait en fait du temps que Bertrand avait passé enfoui dans le sable humide. Ils avaient simplement promis de la tenir au courant.

En arrivant à hauteur du second Land Rover, l'adjudant Lassalle baissa sa vitre pour indiquer à son collègue que l'otage était vivant. Pour le moment, là-haut dans les dunes, c'était toujours silence radio.

Plusieurs minutes plus tard, le 4x4 repassait au pied du bunker et se rapprochait lentement de la plage de Contis provoquant de nouveau la fuite de quelques noctambules. Plus loin vers le courant, le nettoyage estival du sable était en route. Les feux du tracteur allaient et venaient avec régularité dans la nuit.

L'adjudant remonta vers le poste de secours sud posté sur la dune, le dépassa, traversa le petit parking et redescendit vers la station balnéaire. En bas, il prit à gauche pour se diriger directement vers le phare et la petite gendarmerie ouverte seulement en période estivale.

Il était un peu plus de minuit, plus qu'une petite heure avant l'échange de mails. La capitaine réfléchissait, en buvant un café et en grignotant un biscuit, l'hospitalité nocturne de la brigade. Bertrand avait dit sud. Par la plage il fallait traverser le courant et par la terre aussi, au niveau du pont rose qui était bouclé. Elle décida alors d'envoyer rapidement une patrouille sur la berge nord du courant, dans sa partie terminale, près du débouché vers l'océan. Là où il était facile de traverser à marée encore assez basse.

Néanmoins, tous ses espoirs reposaient à présent sur la géolocalisation de l'ordinateur de Vardel. Si ça ne marchait pas, il faudrait déclencher les grandes manœuvres. La chasse à l'homme avec des renforts de gendarmerie mobile et sans doute l'appui de l'ONF. Un scénario qu'elle espérait éviter à tout prix ! Pour elle bien sûr, ce serait un échec.

Curieusement, quelque chose ressemblant à une alerte se déclencha soudain dans un coin de sa tête. Non, ça, c'était avant ! Elle n'avait plus rien à prouver sur le plan professionnel. Elle pouvait souffler un peu, lâcher de la pression, lécher ses plaies intérieures et se faire confiance.

Soudain, la radio interrompit son introspection.

La tanière avait été trouvée vide excepté quelques détritus. Aucun mouvement dans le coin. Marcia ordonna qu'ils rentrent au plus vite à la brigade. Vardel était déjà loin. Il allait maintenant falloir boucler les accès routiers au sud, de Contis à Saint-Girons en y déplaçant une bonne partie des effectifs postés au nord.

Histoire de patienter, elle se resservit un café et sa main taquina de nouveau les biscuits tandis que les messages radio résonnaient au milieu des gendarmes sur le pied de guerre. Puis elle sortit prendre un peu l'air, traversa la petite cour de la maison hébergeant la gendarmerie estivale et se retrouva dans la rue, sous les pins.

De là, elle percevait les échos de la vie nocturne plus bas dans la station. En tendant bien l'oreille, elle finit aussi par distinguer le bruit de fond de l'océan. Elle souffla fort, longtemps, Bertrand était vivant !

Mais on ne tarda pas à l'appeler depuis l'entrée. La patrouille avait trouvé quelque chose. Marcia vida son gobelet et revint à l'intérieur à toute vapeur.

— Au bout du courant, il y a un *paddleboard* gonflable abandonné ballotté par la marée montante, annonça la radio.

— Bien reçu, revenez immédiatement.

Marcia en aurait sauté en l'air. C'était lui qui avait traversé, elle en était certaine.

— Lassalle, on repart avec le 4x4. L'autre véhicule est revenu ?

— Non, pas encore.

— Tant pis, qu'il aille à Cap-de-l'Homy par la route dès qu'il arrive. Ensuite il remonte la plage vers nous. Je vous donnerai le feu vert pour le bouclage routier sud depuis le 4x4 dès qu'on aura localisé avec certitude le fugitif, lança-t-elle au reste de l'équipe en quittant prestement les lieux suivie de l'adjudant et des deux mêmes gendarmes.

Quelque part entre Contis et Cap-de-l'Homy

Le pèlerin marchait d'un bon pas, il avait trouvé son rythme. À présent, Contis était bel et bien derrière lui. Tout avait fonctionné à merveille. Même le défroqué avait été docile, ce qui lui avait fait gagner sans aucun doute beaucoup de temps. Curieux homme, une telle lucidité à l'approche de la mort. La foi peut-être ?

Lui progressait sur une plage de plus en plus sauvage, loin de tout. Et ce serait comme ça durant des kilomètres et des kilomètres jusqu'à Saint-Girons. Là, il n'était plus très loin de Cap-de-l'Homy. Il regarda l'heure, minuit quarante et une.

À quarante-cinq, il se rapprocha de la dune pour préparer son ordinateur portable à l'abri de ce vent d'ouest frais qui soufflait toujours. Les deux clés USB pour sauvegarder les manuscrits en double étaient dans sa poche. Cette fois, il ne doutait pas un instant de la collaboration des gendarmes. Ils savaient maintenant à qui ils avaient affaire.

Quant au défroqué, il devait commencer à sentir l'eau se rapprocher. En fait, sa position assez basse sur la grève le condamnait. Les gendarmes arriveraient fatalement après la submersion. Les confessions étaient faites pour disparaître à jamais. Vardel n'aimait pas les grains de sable.

L'écran de l'ordinateur ouvert sur ses genoux éclaira sa fausse moustache à minuit cinquante-six. Le temps que l'abonnement au net par satellite s'active et que la boîte mail toute neuve s'ouvre, il serait à l'heure.

Ladite boîte resta vierge de message jusqu'à une heure passée de deux minutes. La tension de Vardel monta d'un bon cran, puis…

Ici la capitaine Formentini.

Il se précipita sur le clavier.

Où est mon dû ?

Quinze secondes passèrent.

L'otage est toujours vivant ?

Oui, envoyez les manuscrits et je vous dis où il est.

D'accord

Au bout de trente bonnes secondes, toujours rien.

Alors ça vient madame capitaine ?, ironisa-t-il.

Vingt secondes plus tard, il reçut une réponse des plus claires, conforme au caractère bien trempé de Marcia.

Oh que oui ! Je viens même en personne vous chercher sur la plage. Vous avez perdu, monsieur Vardel !

Il coupa tout brutalement et la rage le submergea. Il s'était fait repérer malgré son abonnement satellite soi-disant protégé. Se relevant d'un coup, il fracassa littéralement l'ordinateur sur le sable et termina en le piétinant avec une violence inouïe. Puis sa colère explosa soudain en un long cri nocturne. En larmes, secoué de spasmes, il tira brutalement son couteau du sac tout en trépignant sur place et se mit à vociférer.

— Saloperie de Badie, c'est toi hein ! L'autre conne de capitaine qui vient là, je vais la crever et récupérer mon bien ! Et toi tu vas y passer aussi, raclure !

Plantant là son sac, il repartit vers le rivage à grands pas, couteau en main. Sa colère était monumentale, à la hauteur de son incrédulité. Il continuait à déblatérer.

— Viens, viens ! Tu veux m'empêcher de triompher parce que tu as marqué un point, mais c'est pas fini. Je vais te montrer qui est le plus fort, connasse !

Soudain, il stoppa, planta son couteau dans le sable et s'agenouilla en sortant sa boîte en argent. Il y plongea le nez en tremblant toujours et une bonne partie de son contenu s'envola dans le vent. Mais il avait eu le temps de renifler une dose de cheval.

Quand il repartit le nez barbouillé de blanc, il se sentait littéralement invincible. Impossible d'échouer là, si près du but ! Au ras de l'eau, son pas accéléra nettement tout comme son rythme cardiaque. Il remontait vers le nord, droit sur Contis.

*

Après avoir traversé le courant au pont rose, le Land Rover des gendarmes s'était engagé plus loin à droite sur le chemin des Allemands pour s'arrêter tout au bout, juste avant la descente sur la plage. Sur le conseil avisé de l'adjudant, l'échange de mails se passa là. Plus au sud, on entrait peu à peu dans une zone blanche pour les télécommunications.

À présent, cela faisait plusieurs minutes qu'ils progressaient tous feux éteints sur la piste de sable rétrécie par la marée montante. Depuis la géolocalisation, le verrouillage du sud de Contis commençait à se mettre en place. Vardel se trouvait sur la plage au niveau de Cap-de-l'Homy. Ils allaient le rattraper assez vite. Il était fait comme un rat.

L'adrénaline montait, mais la capitaine se sentait légère comme une plume. Elle lâcha même un instant la plage sombre des yeux pour sourire à l'océan qui n'avait finalement pas puni Bertrand.

*

Une fois achevé le nettoyage de la plage de Contis, le tracteur et sa remorque avaient continué vers le sud bien avant le Land Rover de la gendarmerie. Prochaine étape, la plage de Cap-de-l'Homy.

Ce soir, c'était Georges qui pilotait. Proche de la cinquantaine, ce Mimizannais aimait son environnement de toujours et n'hésitait pas à s'arrêter entre deux plages estivales pour ramasser les gros déchets rejetés sur la côte.

Bonnet sur la tête et bien emmitouflé sous sa combinaison de travail, il venait justement de descendre de sa cabine dans le vent et les embruns. Il tirait vers le tracteur un mélange de filets, de cordages et de moules en faisant bien attention à son dos. Surtout quand il allait s'agir de le soulever pour le basculer dans la benne à l'arrière de la remorque de tamisage. L'homme était solide, heureusement. Mais les déchets trop lourds comme les gros fûts par exemple, il les ramassait avec la fourche frontale du tracteur et les ramenait ainsi jusqu'au dépôt.

Dans le brouhaha permanent des vagues toutes proches, Georges se rapprochait de la remorque avec son fardeau et ne vit rien venir, sauf au dernier moment. Une ombre, un léger frottement sur le sable, une présence, puis soudain une lame fermement posée sur sa gorge.

Il se tétanisa de peur tellement c'était improbable, là, au milieu de nulle part. La pression sur sa glotte le fit se relever pour faire face à un homme chauve et moustachu.

— Je veux ton tracteur. Tu me montres gentiment comment ça marche et je disparais avec. C'est simple, tu vois ! Allez, avance, on grimpe !

Georges s'exécuta en tremblant. Le gars était bizarre, peut-être un drogué en manque. Il fallait filer doux et surtout se reprendre, tout pouvait arriver.

Alors, une fois assis dans le fauteuil de pilotage, il commença à expliquer d'une voix claire à son agresseur debout sur le marchepied à côté de lui. La pointe du couteau chatouillait ses côtes, il alla assez vite. En très gros, le tracteur fonctionnait comme une voiture tirant une simple remorque, puisque le tamisage était désactivé. Pas très compliqué donc. Le moteur tournait toujours, les feux étaient allumés.

Vardel recula et descendit d'une marche.

— OK, dehors !

Georges s'extirpa lentement du fauteuil et approcha courbé de la portière grande ouverte. Vardel posa alors pied à terre pour dégager l'échelle d'accès. Et l'instinct de survie poussa Georges à ne pas l'utiliser.

Malgré sa position initiale inconfortable, il se propulsa en avant, prit appui d'un pied sur le réservoir, et rebondit de l'autre sur le garde-boue avant gauche pour sauter droit devant le plus loin possible. À l'atterrissage, il se rattrapa à peu près dans un roulé-boulé fantaisiste puis se redressa en envoyant en arrière avec chaque main une grosse gerbe de sable vers le haut.

Vardel qui se précipitait vers lui couteau levé en prit plein la figure. Violemment aveuglé et stoppé net, il lâcha une bordée d'injures. Georges en profita pour courir le long des vagues puis plus loin il piqua vers la dune pour aller se cacher. Il avait laissé son portable dans la cabine. Il était seul au monde et allait le rester.

À tâtons et pestant encore, Vardel monta dans la cabine du tracteur où il avait repéré une bouteille d'eau pendant les explications du fuyard. Une fois redescendu, il se lava longuement les yeux et enfin retrouva sa vision. Il était trempé. Il piétina la bouteille de rage avant de remonter à bord. Puis il referma la portière avec fracas. Demi-tour ! Direction Contis !

*

Les yeux collés à ses jumelles, Marcia distingua soudain au loin une lueur, puis deux, puis quatre en fait qui se dirigeaient vers eux.

— Quatre phares droit devant, annonça-t-elle.

— C'est le tracteur du nettoyage qui revient de Cap-de-l'Homy. Il a des phares aussi sur le toit, lui répondit Lassalle accroché à son volant.

— Pour le moment, difficile à dire, pas évident avec ces lumières aveuglantes.

Et elle se mit à affiner le réglage des jumelles.

— Oui, c'est bien un tracteur, je le distingue mieux.

— On va lui demander s'il a vu quelque chose.

— Dites, ça va commencer à être un peu juste pour se croiser, non ? remarqua-t-elle en posant ses jumelles sur ses cuisses.

— Non, ça va aller, ne vous inquiétez pas, ils connaissent bien la plage.

Elle reprit son observation.

— Le tracteur a une fourche devant et je commence à voir le conducteur.

— Je les connais tous, vraiment une bonne équipe, souligna l'adjudant.

Le silence dura, le temps pour Marcia de sentir monter un gros frisson.

— Dites, parmi eux, il y a un chauve moustachu ?

Lassalle sursauta.

— Pas du tout, vous voulez dire que…

— Oui, c'est notre homme au volant. Il nous fonce dessus !

— Merde, si on remonte dans le sable meuble pour l'éviter, on va trop ralentir et on risque gros.

— On s'arrête et on l'arrose avant qu'il nous atteigne, proposa un des gendarmes à l'arrière, fusil de précision déjà en main.

— Je le préfère vivant, trancha Marcia.

— Alors on va se coller au bord de l'eau et lui échapper au dernier moment en faisant une belle gerbe, lâcha le conducteur.

Le tracteur était en train de se rapprocher pleins phares, plus grand temps pour la réflexion. L'adjudant alluma les siens. Pourtant, l'accélération et le virage à droite surprise ne suffirent pas. Il y eut juste un peu trop d'eau au mauvais moment.

La fourche du tracteur éperonna le 4x4 à l'arrière déchiquetant dans un terrible fracas vitres et tôles au passage, avant que le choc avec cet attelage lourd ne le soulève pour le faire pivoter complètement. Il resta néanmoins sur ses roues, bien amoché au milieu des vagues déroulant sur le banc de sable.

La portière de Marcia s'était ouverte. Sa tête avait cogné fort sur le montant de celle-ci à la retombée du véhicule. *Idem* pour son genou droit qui avait souffert. À l'arrière dévasté, elle perçut la plainte étouffée d'un des gendarmes. L'adjudant à côté d'elle semblait inconscient, la tête en sang.

Elle reprenait peu à peu ses esprits avec l'impression d'être passée dans un shaker. Pas de sang sur son crâne mais une belle bosse qui enflait encore. Sans bouger pour feindre l'inconscience, elle essayait tout en observant Vardel de déboucler sa ceinture de sécurité qui ne voulait rien savoir.

Après avoir sauté lourdement du tracteur à l'avant démoli, leur agresseur entrait dans l'eau et commençait à se rapprocher du 4x4 son grand couteau en main.

Mais rien à faire, elle n'y parvenait pas. Alors, toujours immobile, Marcia attrapa le plus accessible à sa ceinture, la bombe lacrymogène. À présent tout proche, Vardel fondit sur elle en hurlant pour planter sa lame droit au cœur.

Mais il avait négligé le gilet en kevlar. Le couteau ripa violemment tailladant au passage le biceps droit de Marcia. Lui encaissa un bon gros choc retour dans tout le bras, perdit un peu ses appuis et bascula en avant. Son visage méconnaissable de douleur et de haine se rapprocha alors de la bombe que la capitaine actionna copieusement en se protégeant au mieux.

Tandis qu'il reculait dans l'eau en hurlant comme un animal, elle s'en prit plus violemment à la ceinture de sécurité au milieu des vapeurs de gaz qui commençaient à l'irriter. Sans doute l'énergie du désespoir, mais celle-ci lâcha enfin dans un clic salvateur.

Vardel était à genoux, le bras droit pendant, penché à laver ses yeux avec l'eau salée, ce qui n'arrangeait rien. Dans cette position, une vague plus forte l'inonda presque complètement en passant. Une fois descendue, boitant dans l'eau, Marcia dégaina son arme. Sa blessure au bras saignait beaucoup mais ce n'était pas grave.

Le chauve commençait à se relever. Il n'avait plus son couteau ni sa moustache d'après ce qu'elle en voyait dans le faisceau d'un phare du Land Rover resté allumé.

— C'est fini Vardel, je vous l'avais dit.

Les yeux ravagés, trempé sous le vent glacial, main et poignet fracturés, il fit néanmoins deux pas vers elle, menaçant dans son attitude.

Elle tira en l'air.

— Stop !

Dans l'habitacle, il y eut un grognement. La détonation réveilla quelque peu l'adjudant Lassalle. Essuyant le sang sur son visage, il observa la scène tout en arrachant sèchement sa ceinture.

Vardel se mit soudain à éclater de rire, un rire hystérique, levant son poing gauche et avançant encore. La capitaine n'hésita pas et lui tira une balle dans la jambe droite. Il faillit chuter, se rattrapa en criant puis continua vers elle en se rapprochant dangereusement. Elle lui tira sans sourciller une balle dans la jambe gauche. Il s'affala enfin de tout son long dans l'eau en hurlant de douleur.

Lassalle rejoignit Marcia après s'être faufilé dehors par la portière du passager, la sienne était impossible à ouvrir. Vardel criait toujours, presque totalement immergé au passage de certaines vagues.

— Allez, on le tire au sec, lui lança Marcia. Il faut s'occuper des autres et prévenir les secours, vite !

— Il mériterait pas qu'on le laisse tremper un peu, ce salopard, après tout ce qu'il a fait ? lâcha spontanément l'adjudant.

— Sans doute, mais on n'est pas là pour venger qui que ce soit. Allez, on le remonte. Vous, ça va ?

— À peu près… Mal à la tête… Je suis ouvert et je me suis pris un bon coup du lapin. Mais je crois qu'il y a plus grave à l'arrière.

L'attrapant chacun sous un bras, ils se mirent à tirer Vardel plus haut sur la grève. Il vociférait toujours mais ne risquait pas de fuir. Ils avaient maintenant plus urgent que ce fou furieux en vrac sur le sable. De loin et presque de dos, Marcia lui lança qu'il était placé en garde à vue.

Hôpital de Mont-de-Marsan

Cette fois ça y était, Bertrand n'était plus astreint à garder le lit en permanence comme depuis son arrivée dans la nuit de lundi. Il campait désormais dans le gros fauteuil beige et, ce matin, il avait marché longtemps dans le couloir. D'après le médecin camerounais qui s'était occupé de lui, il avait eu de la chance de ne pas être resté trop longtemps enterré et de ne pas contracter une pneumonie ou pire. Son corps s'était réchauffé à présent. Il récupérait bien mais devait néanmoins rester bien couvert.

C'était le cas depuis la livraison mercredi après-midi d'un paquet à son intention. Un tee-shirt manches longues, un gros *sweat* gris et pantalon de même facture plus des chaussettes chaudes. De la part de la capitaine et apporté par le gendarme venu prendre sa déposition à l'hôpital. Bertrand, qui était sans nouvelles, se doutait bien qu'elle devait être occupée à boucler toute cette affaire.

Durant son passage, son collègue avait gentiment répondu à ses interrogations sur le déroulement de l'enquête depuis son tragique enlèvement par Vardel ici même. Ainsi avait-il su pour la lettre anonyme, la plage et l'implication du fils Badie.

Il avait également lu l'article de *Sud Ouest* relatant son sauvetage, l'arrestation mouvementée, le tracteur et les gendarmes blessés dont Marcia. Une infirmière tout sourire le lui avait apporté en le félicitant pour son courage.

Cela dit, il avait trouvé ce compte rendu des faits plutôt dépouillé.

On y insistait davantage sur le délire furieux du psychiatre bourré de cocaïne que sur sa motivation à récupérer les manuscrits. D'ailleurs, il était seulement indiqué que ceux-ci étaient très anciens. Aucune mention des Vikings, de la punition de l'océan ou de la pierre.

De même, Bertrand nota qu'on n'y parlait pas du club libertin de Bordeaux et de l'hôtesse au téléphone évoqué hier par le collègue de Marcia. Par contre, la lettre anonyme brillamment décodée était mise en exergue tout comme l'excellent travail de la gendarmerie dans ces deux affaires.

Très bien, mais même très occupée, elle aurait pu l'appeler ! Étienne, lui, l'avait fait deux fois depuis Bayonne.

Certes, il savait avoir affaire à un drôle de personnage. Puis il y avait son paquet. Mais rien à faire, ça le touchait, ratissant au fond de lui des idées sombres du style « À présent, plus besoin de détective ! ».

Bon... Il souffla un grand coup dans son fauteuil et ferma les yeux. Il se mit à penser avec tendresse à sa Royale dans le garage d'Étienne et à son périple en Galice. Mais bien sûr, on ne tarda pas à frapper à la porte, la magie de l'hôpital.

L'infirmière du journal entra, une fois encore avec le sourire.

— J'ai une bonne nouvelle, vous pourrez sortir demain dans l'après-midi et il va faire très beau ce week-end.

Bertrand lui rendit son sourire en grand.

— Oui, ça, c'est une excellente nouvelle, merci.

— C'est grâce à vous qui avez vite récupéré. Ah, la gendarmerie de Mimizan viendra vous chercher, ajouta-t-elle.

— Comment ça la gendarmerie ? questionna Bertrand surpris.

— Je n'en sais pas plus, désolée. Bien, je vous laisse, reposez-vous bien cette nuit, à demain.

Hôpital de Mont-de-Marsan

Il aurait dû accepter le somnifère la veille. Réveillé tôt par le rythme hospitalier, il avait peu et très mal dormi. La matinée traîna, il piqua plusieurs fois du nez, marcha dans le couloir et dans sa chambre, puis l'interne passa lui délivrer son bulletin de sortie.

Après un fade plateau-repas, la sieste finit par imposer sa loi et il ne refit surface que vers seize heures. Peu après, une dame passa la tête dans la chambre pour lui demander de bien vouloir attendre son transport dans le hall en bas. Elle avait le ménage à faire après les sorties de ce vendredi. Un visage africain souriant qui fit immédiatement du bien à Bertrand.

— Aucun problème, lui répondit-il en se levant du fauteuil pour aller glisser ses grosses chaussettes dans ses baskets bien pourries depuis la folle nuit.

Il attrapa au passage la poche de supermarché contenant son jean encore mouillé.

— Hi, mais votre transport là, il traîne beaucoup je trouve. Tout le monde est parti, c'est le week-end ! rigola la dame bien ronde dans sa blouse.

— Vous avez raison, ça traîne. Je me plais chez vous remarquez, mais bon, plaisanta-t-il aussi. Allez, je descends, au revoir madame.

— Je vous souhaite pas de me revoir ici *déh*[18] !

Et elle éclata de rire tandis qu'il quittait la chambre en traînant un peu les pieds vu son équipement.

Une fois dans le hall constitué en fait de plusieurs petites zones d'attente, il alla s'asseoir dans un coin face aux portes coulissantes du sas d'entrée. Dehors, un beau soir de septembre commençait à tomber tout doucement.

Il observa un moment le lent ballet des voitures entrant et sortant, chacune saluée par un garde à vous sec des barrières. Visiblement, le parking était payant. Mais au bout d'un tout petit quart d'heure, il se levait déjà pour aller à l'accueil et tenter de glaner quelque information. Personne. Il jeta un œil à la pendule digitale, seize heures quarante-six. Autour de lui, il y avait du passage mais les zones d'attente étaient quasi désertes. Dépité, il revint se poser plus près des portes, ramassant une salve de courant d'air à chaque ouverture.

Et soudain l'espoir se manifesta.

Par-delà le mur d'enceinte de l'hôpital, la lumière bleue d'un gyrophare apparut. Mais elle ne semblait plus bouger. Puis il y eut un bref coup de sirène, puis un autre. Ce n'était pas une ambulance, nota Bertrand. Les éclairs se rapprochèrent jusqu'à finir devant la barrière grâce à la prompte marche arrière d'un véhicule.

---

18 Interjection sénégalaise très commune en Afrique de l'Ouest

Au lieu de tourner comme les autres après l'entrée, la Peugeot bleue continua droit devant et stoppa gyrophare en marche à quelques mètres du sas d'accès au bâtiment. Sa poche à la main, Bertrand se leva promptement et approcha des portes vitrées qui s'ouvrirent. Il sortit alors pour faire face à Marcia en uniforme refermant sa portière.

Cheveux courts en pétard, elle avait le sourire fatigué et de jolis cernes sous les yeux. Il repéra aussi les traces d'un bel hématome sur sa tempe droite.

— Une taille de trop peut-être le *sweat*, plaisanta-t-elle. Je suis tellement heureuse de vous voir. Je voulais vous faire la surprise, désolée d'arriver si tard.

— Réussie la surprise, ne vous inquiétez pas. Moi aussi je suis heureux de vous voir et de vous dire enfin merci. Chacune de mes respirations vous est due à présent, vous vous rendez compte, lui dit-il en ouvrant ses bras dans lesquels elle tomba.

Ils restèrent ainsi quelques secondes devant l'entrée avant de se séparer.

— Nous sommes bel et bien liés à présent, sœur et frère de cœur, à la vie à la mort, continua Bertrand.

— J'ai déjà une grande famille, lui sourit-elle, mais pas comme vous, si différent, si accueillant.

— Tant mieux. Bon, on rentre à Mimizan alors ?

— Avec plaisir, tout est bouclé de mon côté. Je suis en week-end, une rareté depuis juin. Du coup, j'ai réservé une chambre dans un hôtel à la plage. Ras le bol du studio de dépannage de la brigade !

— Il paraît qu'il va faire très beau. On va pouvoir en profiter et papoter, vous en avez tellement à me raconter.

— Allez, on y va ! Peu de bagages à ce que je vois. Et les baskets sont mortes !

Dès que Bertrand entra dans la voiture, il remarqua la coquille de pèlerin sur le tableau de bord. En démarrant le moteur, Marcia le regarda en souriant.

— Je vous l'avais promis mais vous étiez inconscient. Je suis tellement heureuse de pouvoir vous l'offrir.

— Merci. Quelle épreuve ce soir-là, mais bon j'ai été sauvé, lui sourit-il aussi.

La Peugeot recula lentement en arrosant toujours de bleu les murs alentour avant de faire demi-tour vers la sortie. La file d'attente venant de la droite était imposante. Mais on la laissa s'insérer sans difficulté et vu le peu de temps passé, la barrière salua même gratuitement.

Mimizan-Plage

Quand Marcia stoppa devant la maison d'Étienne en lui tendant une enveloppe contenant les clés et quelques billets, le contenu de ses poches en fait, Bertrand réalisa qu'il n'avait pas vu passer le voyage. Ils avaient beaucoup parlé, surtout de l'enquête car, comme lui avait dit la jeune femme, après c'était le week-end. Elle en avait vraiment besoin et lui aussi.

— Bon, je file récupérer ma voiture de location au bourg, je passe à l'hôtel me changer et je viens vous chercher ensuite avec des pizzas. On va dîner à la plage devant le coucher du soleil, d'accord ?

Bertrand la regardait d'un air amusé.

— Vous avez vu cette lumière et cet air ! J'ai besoin de ça, j'ai trop fait de bureau. Mais vous êtes peut-être fatigué ?

— Non, je trouve que c'est une bonne idée, mais j'observe votre énergie qui déroule. Vous en avez à revendre, c'est bien.

— Je suis fatigante, hein ?

— Disons qu'il faut que vous trouviez le bon dosage. Bon, j'y vais, vous repassez à quelle heure ?

— À dix-neuf heures quarante-cinq.

— Bien, je serai sur le pont, la taquina-t-il.

— Prenez de quoi vous couvrir. À tout à l'heure.

Une fois à l'intérieur, il ouvrit d'abord en grand partout. Il était presque surpris de retrouver enfin sa chambre. Puis, une fois douché, rasé de près et changé de pied en cap, il redescendit pour aller au garage saluer sa Royale. Bien évidemment, il repensa à dimanche dernier et à toute cette histoire. C'était peut-être bien le week-end mais on allait en reparler quand même.

Dans la voiture, il avait trouvé Marcia quelque peu laconique au sujet de l'effacement des Vikings dans le dossier, même si les manuscrits demeuraient pièce à conviction sous la forme d'une clé USB. Et puis, il n'avait pas tout saisi de son coup de fil avec un historien spécialiste de la Gascogne du Haut Moyen-Âge.

Bertrand était comme ça. Il lui fallait comprendre ce qu'il s'était passé durant ces derniers jours pour qu'une telle découverte soit ainsi ignorée.

*

Le samedi matin, Marcia fut réveillée par une longue dispute entre oiseaux marins. La marée remontait dans le courant avec son lot de poissons, aiguisant les appétits des mouettes, des cormorans et des sternes, tous en embuscade.

Au deuxième étage, le petit balcon de sa chambre décorée en mode surf surplombait la rive sud en amont du pont et du canal. Ironie de son choix rapide sur le Net, l'hôtel faisait presque face à la villa des Badie, plus haut sur la rive nord.

Mais tout ça était derrière elle. C'était vraiment le week-end, et pas si tôt que ça pour le rendez-vous chez Bertrand et la balade qu'ils projetaient aujourd'hui. Il était temps d'émerger de la grosse couette blanche pour rallier la douche.

Une fois sous l'eau, elle réalisa à quel point elle avait parlé hier soir. Ils étaient d'ailleurs tout naturellement passés au tutoiement.

Des choses cruciales, intimes, les blessures du formatage de sa petite enfance, cette impérieuse obligation d'être toujours la meilleure pour survivre. Elle repensa alors à la réponse de Bertrand. « Voilà, tu le dis toi-même, pour survivre pas pour vivre ! C'est là toute la différence. »

Marcia ferma les robinets, pensive. Ce qu'il avait ajouté l'avait encore plus secouée.

« Excuse ma franchise, mais dans ton cas, commencer à vivre ça veut dire couper les liens avec ta famille. Les liens psychiques je veux dire, sortir de ce cercle d'exigence dans lequel tu tournes. Tu mérites mieux, vraiment ! »

Quarante ans au service de tout ça, il était vrai qu'elle pouvait se mettre à vivre. Mais vivre, c'était quoi en fait ? Perturbée donc, et pourtant elle sentait que c'était bon pour elle, que c'était le juste moment.

En s'enroulant dans un peignoir, elle décida néanmoins de mettre la pédale plus douce aujourd'hui, de moins parler. Elle ne voulait pas saouler Bertrand que le silence n'effrayait pas, bien au contraire. Une rareté en ces temps de communication aussi effrénée qu'éphémère.

Puis c'était bien la première fois qu'elle rencontrait quelqu'un semblant vraiment ne rien juger chez les autres. Un humain juste là pour tâcher de les aider, comme il disait tout tranquillement.

*

Bertrand venait de raccrocher avec Étienne qui rentrerait de Bayonne le lendemain en fin d'après-midi. Juste avant, il avait réussi à réserver une table en terrasse dans un restaurant sur la dune, ce qui n'était pas évident un samedi soir de beau temps.

Une surprise pour Marcia. Il lui avait juste dit qu'il tenait à l'inviter à son tour pour la remercier. Un petit geste, il lui devait tellement plus.

Il repensa à leur déjeuner durant leur grande balade, tout à l'heure à Contis quand elle était partie aux toilettes et avait réglé la note au passage. Tout ça parce que lui avait payé les deux billets pour leur visite du phare. Il en souriait encore.

À présent, après ce samedi gavé de lumière, de forêt, de sable et de vagues, il pouvait donc partir prendre sa douche. Elle passait le récupérer à vingt heures, une exactitude toute militaire que Bertrand moquait gentiment.

*

La surprise avait fait mouche. Deuxième coucher de soleil, à table cette fois.

Il ne pouvait pas imaginer la saveur pour elle de ces quelques heures de liberté physique et mentale en bonne compagnie. En fait, quand elle ne travaillait pas, elle était seule et faisait beaucoup de sport. Du coup, elle était devenue une véritable handicapée sociale dans sa vie personnelle. Quant à sa vie amoureuse, elle la qualifia de désastre absolu.

Pourtant, Bertrand la félicita chaleureusement. Pour sa lucidité vis-à-vis d'elle-même, pour tout ce qu'elle lui avait confié qui allait la soulager d'autant.

— Si tu t'en saisis, tu as l'opportunité de maintenant écrire ta vie sur une page propre, ta page véritable, pas celle noircie par les appréciations de ta famille et les épreuves mal négociées. Nombre de personnes continuent à écrire sur un brouillon sale sans le voir pour autant, tu sais.

Elle le fixait en dodelinant de la tête, touchée au cœur. Il continua pour être tout à fait clair.

— Rappelle-toi à la gendarmerie quand tu m'as demandé si je te trouvais rude. Eh bien oui, tu peux tourner là-dedans pour toujours si tu ne vois rien de ton papier sale, si tu n'as pas cette humilité. C'est aussi simple que ça. Mais à la fin de ta brillante carrière, plus d'exutoire ! La descente assurée aux enfers, les tiens, savamment entretenus depuis ta naissance, ajouta-t-il juste au moment où la serveuse avenante déposait un beau plateau de fruits de mer sur la table.

Quand cette dernière tourna les talons, les yeux noisette de Marcia étaient emplis de larmes.

— Jamais on ne m'avait remuée comme ça…

Bertrand répondit par un grand sourire et des yeux gourmands louchant vers le plateau. Il leva son verre.

— Merci à l'ancienne Marcia de m'avoir sauvé la vie. Je porte un toast à l'éclosion de la nouvelle !

Elle fit de même mais en silence, souriant et pleurant à la fois.

— Bon, assez parlé ! J'ai grand faim moi ! Je suis encore convalescent, il ne faudrait pas l'oublier, rigola Bertrand. Sers-toi, allez.

Elle s'exécuta en reniflant et piocha crevettes, tourteau et quelques bulots.

— Tu sais, j'ai peine à croire que tu étais curé, pas de mention de Dieu, pas de Bible, pas de grands principes moraux…

— Non, juste le vivant, l'essentiel quoi !

Le dessert fut à la hauteur de leur excellent dîner et du ciel mauve devant eux. Bertrand s'étira et souffla agréablement.

— Je suis gourmand. En Afrique, la pâtisserie française m'a manqué, je l'avoue. Mais ça reste une rareté… pour décupler le plaisir, rigola-t-il.

Marcia s'étira à son tour.

— Que c'est bon de profiter comme ça ! Merci, merci, merci !

— Ce n'est pas moi que tu remercies là ?

— Un peu, mais non, c'est moi qui sens et je me remercie de sentir.

— Alors au boulot, il n'y a plus qu'à cultiver ! Tiens d'ailleurs, puisque tu parles de sentir, ça t'a fait quoi ce matin dans le phare à la cent sixième marche devant la fenêtre ? la taquina-t-il.

Elle le fixa quelques secondes en souriant avant de lui répondre. Bertrand se disait que ça lui allait bien mieux que son air fermé à la gendarmerie.

— C'est troublant de savoir ce qui est enfoui là quand même. Mais si tu veux savoir au fond du fond, mon ressenti a un goût d'inachevé. Si je m'écoutais, je récupérerai le coffret pour le confier à la science. Cette pierre est peut-être très utile, importante, qui sait ?

— Tout le monde est prudent d'après ce que j'ai pu lire dans le journal. Ni Vikings, ni pierre…

— Exact, en fait une boucle « préfet-historien-juge » s'est subitement formée pour que rien ne filtre sur ces aspects-là de l'affaire. Et j'ai fait ma première faute professionnelle, rigola-t-elle.

— Raconte…

Au lieu de lui répondre, elle se baissa pour farfouiller dans son sac à main et se releva pour poser sur la table une clé USB orange fluo qu'elle poussa vers lui.

Bertrand en sursauta. Voilà que ça recommençait.

— Manuscrits et certificats établis lors de leur numérisation, tout ce qu'il y avait dans celle de pépé Badie.

— J'avais compris. La dernière fois, ça ne m'a pas porté chance, tu le sais, plaisanta-t-il. Pourquoi alors ?

— Pour mon détective et son esprit en éveil, un réflexe et aussi une intuition. Je sens venir la grosse cloche qui va tomber sur ce bout de passé mis au jour par cette affaire.

— C'est à cause de cet historien à qui tu as téléphoné ?

— Ben le préfet d'abord. C'est lui qui m'a fortement conseillé de l'appeler. Il ne souhaite pas que cette affaire prenne une résonance supplémentaire à cause d'une polémique historique sur une supposée colonisation viking de la Gascogne.

— Mais quelle polémique ?

— Celle évoquée par l'historien. Pour lui et les autres spécialistes sérieux de cette époque, les Vikings n'ont effectué que des raids ponctuels sur le sud. C'est seulement en Normandie qu'une présence durable est avérée. Il a aussi ajouté que ce n'était pas le premier faux document qu'il croisait et que là il n'existait même plus. Pour la profession, tout ça n'était qu'affabulation. Il m'a donné un nom à Paris, un grand ponte du CNRS[19] pour me confirmer ses dires. Je ne l'ai pas encore appelé, pas eu le temps.

— Mais ton historien là, il les a lus les manuscrits ?

— Non, et maintenant que tu le dis, il n'a pas demandé non plus.

— L'effet chapelle, un grand classique dans tous les milieux.

Marcia éclata de rire.

— Oui, tu connais bien !

19 Centre National de la Recherche Scientifique

— Exact, je faisais partie du courant historique, rigola-t-il. Mais tu veux quoi en me donnant cette clé, que je me batte seul contre tous ?

— Je t'ai dit, une sorte de réflexe pour que ça ne reste pas enfoui au fond d'un dossier. Je vais essayer de batailler plus, même si dans la boucle que j'évoquais, la gendarmerie est aux ordres. Et puis, je n'ai pas aimé le ton pontifiant de cet historien gascon !

— Bon courage ma petite, lui sourit-il. Moi, je suis le coffre-fort, c'est ça ?

— Je ne sais pas. Je t'ai dit, ça m'a prise d'un coup, comme ça, lui répondit-elle en claquant des doigts, mais je te tiendrai au courant. Tu vas redémarrer bientôt pour la Galice ?

— Oh que oui ! Étienne rentre demain soir et tu repars demain aussi. Allez, je pense que c'est pour mardi. Je me sens bien. Lundi, je vais en profiter pour m'occuper des photocopies du roman de mamie Casenabe. On peut dire que j'ai commencé ma retraite sur les chapeaux de roues… mais j'ai aussi fait une belle rencontre.

Elle lui sourit longuement.

— Et moi donc ! Dis, j'ai un vieux portable à clapet qui traîne dans mon sac depuis des siècles avec son chargeur. Tu ne veux pas le récupérer et mettre une puce dedans pour communiquer plus facilement ?

Depuis ses dernières années en Afrique, Bertrand ne supportait plus les portables. Une véritable invasion de criquets au pays des bavards, même si pourtant ça rendait d'inestimables services. Lui avait laissé son dernier à l'aéroport de Lomé, cadeau à son chauffeur.

— OK, mais que pour toi, ça m'a toujours agacé d'avoir un fil à la patte. Tu seras la seule à avoir le numéro !

Un gros mois plus tard

Le jour tombait et Bertrand venait enfin de trouver une chambre dans un petit hôtel abordable de la périphérie de Péniche, un port au nord de Lisbonne.

À Nazaré, là où il avait passé la journée plus au nord encore, impossible de se loger. La grande foule avait déferlé en même temps qu'une houle énorme. Le spectacle de cette vague magnifique avait fasciné Bertrand durant de longues heures. Sans parler des surfeurs glissant à toute allure sur sa face haute comme un immeuble.

Une fois dans sa petite chambre, il exhuma le téléphone d'une poche de son sac à dos. Il y avait la trace d'un appel de Marcia mais pas de message. La réponse sans doute à celui qu'il lui avait laissé la semaine dernière en tombant sur sa boîte vocale.

Il décida d'aller prendre une bonne douche pour effacer sa longue journée avant de tenter de la rappeler.

À la troisième sonnerie, miracle !

— Alors, comment va le motard libre comme l'air ?

— Bien, un peu fatigué mais tout va bien. Je me régale.

— Tu es où là ?

— J'ai continué à longer l'océan. Je suis passé de la Galice au Portugal sans m'en rendre vraiment compte, ça m'a changé des frontières africaines, rigola-t-il. Là je suis dans un port un peu au nord de Lisbonne, ma prochaine étape. En fait, je ne suis rentré dans les terres que pour aller voir Saint-Jacques-de-Compostelle, par curiosité pure, mais trop de monde à mon goût.

— Super, tu continues à bien prendre l'air à ce que je vois.

— Et toi ? Comment va ?

— Alors moi je ne prends pas beaucoup l'air en fait, s'esclaffa-t-elle franchement avant de continuer. Je travaille, mais ça glisse. Je commence à me sentir plus légère. Je ris beaucoup plus de moi et des autres. Il se murmure même dans les couloirs que je suis moins chiante. Et ça, c'est grâce à toi, mon frère de cœur. Je suis contente de te parler, tu sais.

— Moi aussi, ça faisait longtemps.

— Je t'ai fichu la paix. Mais je dois te le répéter, notre rencontre a été providentielle.

— Oui, le mot me convient. Tu as été ma providence sur la plage.

— Et toi tu m'as gentiment montrée quel hamster dans sa cage j'étais.

— Tant mieux. Mais dis-moi alors, où en est donc l'affaire Vardel ? Et sur les Vikings quoi de neuf ? Tu t'es bien débattue dans la boucle des grands chefs ?

— Ouf, compliqué, très compliqué. J'ai parlé avec le spécialiste du CNRS. Enfin, lui m'a parlé, beaucoup, hystérique le gars, dans une colère noire. Il a accepté de lire les manuscrits, et après il s'est encore plus radicalisé. Tout ça n'était selon lui qu'un énorme *fake*. Les Vikings n'avaient jamais rien écrit et encore moins en latin. Ce fut sa conclusion et tu te doutes de ce qu'il a dû raconter au préfet et au juge.

— Bon, tu avais raison, la grosse cloche va tomber sur Saemund et Jana.

— Oh mais c'est pas fini. L'historien gascon m'a rappelé et je pense qu'il s'était fait secouer par Paris. En colère aussi, il en a remis une couche. Un véritable mur !

— Tu t'es heurtée à l'inquisition scientifique en fait, rigola Bertrand.

— C'est dommage, oui. J'avais même pris contact avec la Direction des Phares et Balises, un gars très sympa à Bayonne qui ne semblait pas du tout hostile à de menus travaux dans le phare de Contis, dans le prolongement d'une enquête bien sûr. Mais je suis quand même restée très évasive, tu t'en doutes. Puis j'ai eu sur le dos ma hiérarchie, le préfet, le procureur, le juge ! Enfin tu vois, j'ai tout donné.

— Je vois oui, comme toujours.

— Et pour finir les nouvelles, Robert Badie est en détention préventive, Sarah et Jo en psychiatrie tout comme Vardel qui a totalement pété les plombs.

— Terrible pour cette petite que d'avoir croisé la route de ce fou. En remontant, j'irai voir sa maman qui était déjà bien mal en point. Mais bon, et toi dans tout ça ? Comment vas-tu ?

— Moi dedans, tu veux dire ? Je trouve que ça va. Je pense prendre ma retraite de la gendarmerie dans dix-huit mois. J'ai commencé à dix-neuf ans, tu sais.

Bertrand était totalement scotché. Jamais il n'aurait pensé qu'elle aille aussi vite…

— Ah, lâcha-t-il simplement.

— Tu m'as donné des envies de liberté, des envies de sortir du cadre. J'ai même déjà des projets. Je crois que je vais me lancer dans le privé.

— Le privé ?

— Oui, devenir détective privée tu vois.

— Très bien, je pourrai t'appeler détective à mon tour, rigola-t-il. Tu sais, ça me fait chaud au cœur ce que tu me dis et…

La communication s'interrompit soudain.

Bertrand avait oublié de recharger la batterie du portable.

Remerciements

Un grand merci à Jean-Luc Kerebel, éditeur et à G.D Noguès, directeur de collection.

Toute mon affection et ma reconnaissance à

Erick, Guy, Jean-Jacques, Joël, Marine, Stéphan, Vincent, et ma sœur de cœur.

Dans la collection

1-Alarme en Béarn, Thomas Aden, 2013
2-Trou noir à Chantaco, Jacques Garay, 2013
3-Coup tordu à Sokoburu, Jacques Garay, 2013
4-Estocade sanglante, Jacques Garay, 2014
5-Ultime dédicace, Thomas Aden, 2014
6-Gaz in Marciac, G.D. Noguès, 2014
7-Notre père qui êtes odieux, Violaine Bérot, 2014
8-De la blanche sur le Somport, Claude Casteran, 2014
9-Les gens bons bâillonnés, Jean-Christophe Pinpin, 2014
10-Ville rose sang, Stéphane Furlan, 2014
11-Le 9 bordelais était chargé, Éric Becquet, 2015
12-Mourir à la San Fermín, Alejandro Pedregosa, 2015
13-L'assassin était en rouge et blanc, Poms, 2014
14-Requiem à Donibane, Jacques Garay, 2015
15-Abattez les grands arbres, Christophe Guillaumot, 2015
16-De chair et d'oubli, Karline Nivet & Pascal Suhard, 2015
17-Sans jeu ni maître, Stéphane Furlan, 2015
18-J'aurai ta Pau, Cesare Battisti, 2015
19-Balles perdues à Moliets, Maxbarteam, 2015
20-Un, deux, trois, sommeil !, Gilles Vincent, 2016
21-Pas d'orchidées pour Miss Armagnac, G.D. Noguès, 2016
22-Du pin et des larmes, Philippe Mediavilla, 2016
23-Estouffade à Guéthary, Jacques Garay, 2016
24-Coup de piolet, Juliette Manet, 2016

25-Palombes, tursan et sale ami, Maxbarteam, 2016
26-Nous n'irons plus au bois, Philippe Lescarret, 2016
27-Toutes taxes comprises, Patrick Nieto, 2016
28-Jeux de dames, Philippe Beutin, 2016
29-Le sang de la forêt, Serge Tachon, 2017
30-Mandrake ne peut pas mourir, Daniel Contel, 2017
31-Ras la coquille en Amikuze, Jacques Garay, 2017
32-Riquet m'a tuer, Yves Carchon, 2017
33-Galeux, Bruno Jacquin, 2017
34-Ça flingue sur la Grande Boucle, Maxbarteam, 2017
35-Chemin de croix, Poms, 2017
36-Y a plus d'enfants !, Jean-Jacques Cripia, 2017
37-Blanc sec et série noire, Philippe Lescarret, 2017
38-Sans homicides fixes, Thierry Benoît, 2017
39-Euskal barbecue, Aitor Behro, 2017
40-Implantés, Stéphane Furlan, 2017
41-Mauvaise passe pour le 10, Éric Becquet, 2017
42-Quand passent les chocards, Michel Brome-Tonne, 2017
43-Croix blanche sur fond blanc, Antoine Léger et G.D. Noguès, 2017
44-Éthique de l'assassin, Maxime Sanous, 2018
45-Sous les pavés la jungle, Simone Gélin, 2018
46-L'œuf de la haine et de la vengeance, Pierre Olhagaray, 2018
47-Les douze sales polars, Collectif, 2018
48-Les vieux démons, Yves Carchon, 2018
49-Ils vont tous mourir, Raphaël Grangier, 2018
50-Noir Vézère, Gilles Vincent, 2018
51-Musique de chambre close, Serge Tachon, 2018
52-Superman ne volera plus, G.D. Noguès, 2018
53-Le cocu sort du nid, Maxbarteam, 2018
54-Le mort est dans le pré, Patrick Caujolle, 2018
55-Erreurs d'aiguillage, Philippe Beutin, 2018
56-L'affaire Jane de Boy, Simone Gélin, 2018
57-Léon et les jambons, Jacques Garay, 2018
58-Flic de papier, Guy Rechenmann, 2018
59-L'ombre des derniers Cathares, Alain Roumagnac, 2018

60-Funestes randonnées, Patrick Nieto, 2018
61-Retour de lame, Philippe Mediavilla, 2018
62-L'heure de notre mort, Philippe Lescarret, 2018
63-La fille du port de la Lune, Simone Gélin, 2018
64-Les pêcheurs de sable, Serge Nicolo, 2018
65-Fausse Note, Guy Rechenmann, 2019
66-Otage en réanimation, Pierre Sagnet, 2019
67-Truc Vert, Simone Gélin, 2019
68-Peine maximum, Gilles Vincent, 2019
69-Le Dali noir, Yves Carchon, 2019
70-Vies et morts de Marco Mariotti, Régis Tomàs, 2019
71-Le syndrome de Louhossoa, Jacques Garay, 2019
72-Amères pilules, Pierre Olhagaray, 2019
73-Fallait pas enterrer un épouvantail, Renaud Talavera, 2019
74-Barcelone aller simple, Jacques Lavergne, 2019
75-Quand disparaît la Dame, Maxbarteam, 2019
76-Nuit tragique à la feria, Philippe Lauga, 2019
77-L'envol de la chauve-souris albinos, Michel Brome-Tonne, 2019
78-Le dernier dinosaure, Pierre Willi, 2019
79-Nuit bleu marine, Philippe Lescarret, 2019
80-Corrompu, Patrick Nieto, 2019
81-Le chat du Marcadieu, Jean-Luc Cochet, 2019
82-La femme parfaite, Patrick Caujolle, 2019
83-Des larmes d'or et de sang, Éric Dupuis, 2019
84-Adieu Lola, Simone Gélin, 2020
85-Le sanctuaire des destins oubliés, Yves Carchon, 2020
86-La victime raisonnable, Serge Nicolo, 2020
87-Une étoile en enfer, Guy Rechenmann, 2020
88-Violence, Philippe Charrac, 2020
89-Dieu, le diable et le boucher, Alain Roumagnac, 2020
90-Le venin d'Hippocrate, Éric Dumont, 2020
91-Camargue blanche et série noire. Jacques Lavergne, 2020
92-Tambour tuant à Donostia, Jacques Garay, 2020
93-Le silence des abîmes, Philippe Lauga, 2020
94-Quand hurlent les hyènes, Bruno Jacquin, 2020

95-Olagarro, Ludovic Bouquin, 2020
96-La cure arrive à terme, MaxBarteam, 2020
97-Guet-apens, Jean-Louis Farvacque, 2020
98-Moktar, Jérémy Bouquin, 2020
99-Neige écarlate, Anne Waddington, 2020
100-Sang pour cent dans le noir, Collectif, 2020
101-Brive-la-Galère, Marie Wilhelm, 2020
102-Le phare des âmes perdues, Rose Penn, 2020
103-Le journal de Julia, Simone Gélin, 2020
104-Alice doit mourir !, Diego Arrabal, 2021
105-La punition de l'océan, Daniel Contel, 2021

ABONNEZ-VOUS À LA NEWSLETTER

Vous souhaitez être averti(e)
des parutions en exclusivité,
bénéficier d'offres spéciales, etc. ?

Abonnez-vous, gratuitement
et sans engagement, à notre newsletter
en nous retournant le coupon ci-après.

Rejoignez-nous vite et n'hésitez pas
à inviter votre entourage.

Vous pouvez également suivre notre
actualité sur Facebook et Instagram :
#Du noir au sud

Mise en page et suivi de fabrication
Atelier Graphique Cairn
Achevé d'imprimer en janvier 2021 par CIRP
pour le compte des Éditions Cairn
14 rue des Bruyères - 64160 Morlaàs
Tél. : 05 59 27 45 61 Fax : 05 59 98 84 89
communication@editions-cairn.fr – www.editions-cairn.fr
Dépôt légal : janvier 2021